吾栖之肤
Mygale

[法]蒂埃里·荣凯 著

方颂华 译

世界经典
推理文库 11

人民文学出版社
PEOPLE'S LITERATURE PUBLISHING HOUSE

著作权合同登记号　图字 01-2018-0243

Mygale
by Thierry Jonquet
Copyright © Éditions Gallimard, Paris, 1984
All rights reserved.

图书在版编目(CIP)数据

吾栖之肤/(法)蒂埃里·荣凯著;方颂华译.—
北京:人民文学出版社,2018
(世界经典推理文库)
ISBN 978-7-02-014050-3

Ⅰ.①吾… Ⅱ.①蒂… ②方… Ⅲ.①推理小说-法国-现代 Ⅳ.①I565.45

中国版本图书馆 CIP 数据核字(2018)第 063468 号

责任编辑	甘　慧　张玉贞　李　晖
封面设计	高静芳

出版发行	人民文学出版社
社　　址	北京市朝内大街 166 号
邮政编码	100705
网　　址	www.rw-cn.com
印　　刷	山东临沂新华印刷物流集团有限责任公司
经　　销	全国新华书店等
开　　本	890 毫米×1240 毫米　1/32
印　　张	5
字　　数	86 千字
版　　次	2018 年 7 月北京第 1 版
印　　次	2018 年 7 月第 1 次印刷
书　　号	978-7-02-014050-3
定　　价	32.00 元

如有印装质量问题,请与本社图书销售中心调换。电话:010-65233595

目 录

1　第一部　蜘蛛

33　第二部　毒液

105　第三部　猎物

第一部 蜘蛛

一

别墅围墙内的那排树丛中有一汪小塘，在通向水塘的砾石路上，里夏尔·拉法格正缓缓地大步前行。七月的夏夜，夜色清朗，繁星闪耀，星光剔透如雨。

两只天鹅伏在一丛睡莲后，睡得很是安详，娇美的母天鹅将长颈折在翅膀下，悠然地蜷着身子，倚在雄壮的公天鹅身上。

拉法格摘下一朵玫瑰，嗅了嗅那有点让人反胃的淡淡甜味，便折身往回走。走过贴着椴树丛伸展的小路，只见一幢宽阔却并不高大的楼房矗立在眼前，屋子结构紧凑，但难言雅致。女佣里娜应该正在一楼的厨房里用餐。右手边投射来一束亮光，同时传来一阵沉闷的轰鸣声——司机罗歇正在车库里忙着启动奔驰的发动机。最后看到的是大客厅，暗色窗帘的间隙里只透出些许微弱的光线。

拉法格抬眼望着二楼，视线久久地停留在夏娃套房的窗户上。循着一道柔和的灯光望去，从一扇半开半掩的百叶窗里，传来一首表达羞怯之情的乐曲，是钢琴曲《我爱的男人》的起始旋律……

拉法格压下就要迸发出来的怒火，猛地一步走进别墅，砰的关上大门，小跑着来到楼梯口，他一边屏住呼吸一边跨上台阶。到了二楼，他将拳头举起却又放下，最后只是弯起食指轻轻叩了叩房门。

三道门闩将套房从门外锁上，将那个对他的招呼坚持不理不睬的女人锁在门内。他拉开了门闩。

他悄无声息地关上房门，走进套房的小客厅。客厅里漆黑一片，只有钢琴上那盏套着灯罩的台灯边有片朦胧的光亮。在小客厅后方卧房的最深处，浴室里荧光灯刺眼的灯光在套房尽头映射出一块鲜亮的白斑。

在这半晦半明中，他走向音响关掉了声音，《我爱的男人》后面那首乐曲在最初几个音符处戛然而止。

他压住怒火，以平和的语气，不带嗔怪但不失尖刻地低声提醒，化合适的妆，挑选合适的裙子和首饰，去赴他和夏娃受邀的那场晚会可能要用多少时间……

接着他便径直走进浴室，看到少妇正慵懒地躺在厚厚一团淡蓝色泡沫中时,他生生咽下了一句就要脱口而出的咒骂。他叹了口气。他和夏娃对视着——他似乎从她的眼神中读出了一种挑衅,这让他冷笑起来。他摇了摇头,这种小孩子的把戏差点要把他逗乐了,他离开了套房……

回到一楼的大客厅,他在壁炉旁的吧台上倒了杯苏格兰威士忌,然后一口气喝光。酒精烧着他的胃,他的脸被刺激得抽搐不停。他走向连到夏娃房间的内线电话,按着按键,清了清嗓子,然后嘴紧贴在塑料机盒上大声吼了起来:

"麻烦你快一点,垃圾!"

透过嵌在套房小客厅墙板上的两个三百瓦扬声器,里夏尔的吼声强有力地回响开来,夏娃猛地惊跳了一下。

她打了个寒战,然后不紧不慢地起身走出宽大的环形浴缸,套上一条毛巾料的浴袍。她来到梳妆台前坐下,以灵巧轻快的动作摆弄着眼线笔,开始化妆。

奔驰在罗歇的驾驶下离开了勒韦西内[①]的别墅,来到了圣日耳曼。里夏尔观察着身边无精打采的夏娃。她正懒洋洋地抽着烟,节奏均匀地将象牙烟嘴送进薄薄的双唇之间。车外城市的灯光就像时断时续的闪光灯一样打进车内,在黑色的紧身连

[①] 巴黎大区西部的一个居民区集中的富裕城镇。

衫裙上印出一道道转瞬即逝的条纹。

夏娃的头向后仰靠着，里夏尔无法看到她的面容，只有香烟那时隐时现的火星会在片刻间将她照亮。

*

他们准点赴约的这场露天花园招待会是由某位商界人士举办的，他想以此向周边的上层人士显摆一下。里夏尔挽着夏娃穿梭在宾客的人流当中。花园里一支乐队正奏着一首柔和的乐曲。餐桌和餐盘沿着花园的来往小径散布开来，一群群人聚集在桌边。

他们免不了会遇到一两位贵妇的纠缠，也总得饮下几杯香槟来祝福主人。拉法格还遇到了几位同行，其中一位是法国医师公会理事会的成员，这些人对他最近发表在《临床医师杂志》上的文章大加恭维。话题延伸转变后，他甚至还承诺，下次比莎会谈①，他会参加一场关于乳房整形再造外科学的座谈会。过了一会儿，他又责怪起自己怎么会就这样中了圈套，他本该婉拒这个邀请的。

夏娃站在一旁，仿佛正浮想联翩。她享受着几位宾客大胆

---

① 法国医学科学界的年会。

投来的垂涎目光，欣然地撇嘴回应，动作中带着一种几乎察觉不出的蔑视。

她离开了里夏尔一会儿，到乐队旁请他们演奏《我爱的男人》。当那温婉而深情款款的起始旋律响起时，她回到了拉法格身边。医生的脸上现出了几分痛苦，而她的唇上生起了一丝嘲讽的笑意。他轻轻搂住她的腰，将她拉到一边。萨克斯手开始了哀怨的独奏部分，里夏尔不得不控制好自己，以免会抽他的女伴一个巴掌。

午夜时分，他们终于向主人示意告别，然后回到勒韦西内的别墅。里夏尔陪着夏娃走进她的卧室。他坐在沙发上看她脱衣，起初还只是些无意识的动作，随后她便面对着他，带着点慵倦，以嘲弄的眼光打量着他。

她双手握拳顶在腰上，叉开两条腿，正对着他站着，布满阴毛的阴阜与他脸庞的高度并齐。里夏尔耸了耸肩，起身在书架的某一排里找出一个带着珠光的盒子。夏娃躺在地上铺着的一张席子上。他盘腿坐到她身边，打开盒子，取出一根长烟斗和一团包着些小油丸的银纸。

他动作轻巧地将烟斗装满，贴着烟锅点燃一根火柴，随着噼啪的爆裂声，他将烟斗递给了夏娃。她深深地吸了几口。淡淡的味道弥漫整个房间。她蜷起双腿侧身躺着，一边抽着烟一边盯着里夏尔。很快她的眼神开始变得浑浊，继而呆滞……里夏尔已经开始准备第二支烟斗了。

一小时后，他将套房外的三道门闩转了两圈，离开了她。他回到自己的房间，也脱去衣服，在镜子里长久地注视起自己那苍白的脸庞。他对着镜中自己的模样笑着，笑他的白发，笑他刻在脸上的如此之多如此之深的皱纹。他摊开两只手，将手伸到面前，然后闭上眼睛，开始做起动作，撕扯某个想象中的物体。终于，他躺了下来，在床上辗转反侧了好几个小时，直到清晨才渐渐睡去。

二

女佣里娜正在休假,这个周日由罗歇来准备早餐。他在拉法格房间前敲了很久门,才听到了一声回答。

里夏尔大口地嚼着新鲜的羊角面包,吃得很香。他自觉情绪极好,甚至有想开开玩笑的念头。他穿上一条牛仔裤,一件薄布衬衫,套上一双低帮休闲鞋,出了房间准备到花园里转一转。

两只天鹅在水面上四处游着。拉法格走入一丛丁香树中时,它们也游到了岸边。他先向它们扔了几小块碎面包,又蹲下来让它们在他的掌中进食。

接着他在花园里散起了步,刚刚修剪过的绿草地旁,一座座花坛装点出鲜艳缤纷的色彩。他朝花园最深处的游泳池走去,这是个二十米长的水池。一道环绕着整个别墅和花园的围墙,将外面的街道和四周其他的别墅从视野中全然隔绝。

他点上一根金黄色的香烟,深深吸了一口,又长长地冷笑了几声,便向屋子折返而去。罗歇已经将夏娃的餐盘放在了厨房的餐桌上。里夏尔走进客厅,按起内线电话的按键,铆足了劲儿大喊:"吃——早——餐!起——床——了!"

接着他便登上了二楼。

他打开锁走进卧室,夏娃依然躺在一张巨大的天篷床上睡觉。她的脸埋在被子里半隐半现,而她那浓密鬈曲的一头黑褐发,就仿佛是紫色绸缎上的一条黑带。

拉法格坐在床沿,将餐盘放在夏娃的头旁边。她将橙汁杯放到唇沿蘸了一下,接着懒洋洋地慢慢嚼起一片蜂蜜吐司。

"今天二十七号了……"里夏尔说,"今天是这个月的最后一个星期天。您没忘记吧?"

夏娃无力地摇了一下头,并没有看里夏尔。她的眼神空荡荡的。

"好的,"他接着说,"我们过三刻钟出发!"

他离开了套房。回到大客厅,他走到内线电话边大喊道:

"我刚才说三刻钟,你听明白了吗?"

这声叫喊经过扬声器的放大后传进房间,夏娃听了,呆呆地怔住了半晌。

＊

开了三个小时后，奔驰离开了高速公路，进入一条蜿蜒狭窄的省道。盛夏的阳光下，诺曼底的乡村昏沉得几乎要散了架。里夏尔给自己倒了杯冰镇苏打水，然后建议正半合着眼打瞌睡的夏娃也清凉一下。她拒绝了他递过来的杯子。他将小冰箱的门重新关上。

罗歇开车速度很快而且技术娴熟。没过多久，他们来到了一个小村庄附近，他将奔驰停在一座城堡的入口处。城堡环绕在一片密林之中，城堡附近的一些搭建物由篱笆围了起来，贴着村子最外围的几间屋子。一群群来这里散步的人正坐在城堡前的广场上享受阳光。几个穿着白色工作服的女人端着放满各色塑料杯的盘子，穿行于他们当中。

里夏尔和夏娃登上入口处的一长排台阶走向前台，一位身材魁梧的前台小姐威坐接待处。她向拉法格微笑了一下，又握了握夏娃的手，叫来一位男护士。夏娃和里夏尔跟着他走进一部电梯，电梯在四楼停了下来。长长的走道仿佛是一条被挖进去不少凹口的直线，这些凹口便是一扇扇开着长方形半透明塑料探视孔的房门。男护士一言不发地打开电梯左手边的第七扇门，他侧开身让里夏尔和夏娃走进房间。

*

一个女人坐在床上，尽管满脸皱纹，佝偻着双肩，但她非常年轻。她的模样仿佛一出早衰症的惨剧正在上演，一张稚气未脱的脸上刻满了深深的条痕。一头乱发如同厚厚的一蓬草，一束束似麦穗般高高兀立；突出的眼球四处乱转；全身皮肤上布满一块块泛黑的痂。她的下唇在痉挛似的颤抖，而上身慢慢地晃动着，由前向后，极有规律，仿佛在打节拍。她只穿着件无袋蓝布衬衫，裸露的双脚在绒球拖鞋上摩来擦去。

她似乎不曾留意到有人进来。里夏尔坐到她身边，托起她的下巴，将她的脸转向自己。女人非常听话，但不论是从表情还是动作来看，她并未流露出哪怕是一丁点儿的感情或情绪。

里夏尔伸出胳膊绕过她的双肩，将她搂在怀里。晃动停止了。夏娃站在床边，透过加固了的玻璃窗看着外面的风景。

"维韦安娜，"里夏尔低声说着，"维韦安娜，我的乖……"

突然，他站起身一把抓住了夏娃的胳膊。他强行拉着她转身面朝维韦安娜，而维韦安娜带着惊恐的眼神又开始晃动。

"给她……"他有气无力地说道。

夏娃打开手提包，取出一盒夹心巧克力。她俯下身子，将盒子递给那个女人，维韦安娜。

维韦安娜手忙脚乱地一把抢了过来，扯开盒盖，然后狼吞虎咽地大口吃了起来，一个接着一个，所有巧克力一次就被吃光了。里夏尔注视着她，惊愕不已。

"好，这么多够了……"夏娃叹道。

然后她轻轻将里夏尔推出房间。那位男护士就等在走道里。夏娃和里夏尔向电梯走去，他将房门重新关上。

他们回到前台，与前台小姐攀谈了几句。司机正靠在奔驰外读着《队报》，夏娃向他打了个手势。里夏尔和夏娃钻进后排坐好，汽车驶上省道，接着经高速公路回到巴黎大区，最后停在勒韦西内的别墅。

*

里夏尔将夏娃关进二楼的套房，给用人们都放了假。他在客厅里一边慢慢嚼着里娜临走前做好的冷菜，一边放松休息。当他坐上奔驰向巴黎城区驶去时，已差不多是傍晚五点。

他在协和广场附近停好车，走进莫鲁瓦戈多大街的一幢建筑。他攥着串钥匙快步爬上楼梯来到四楼。他打开一间宽敞的一居室公寓。一张铺着层淡紫色绸缎床罩的大床摆在房间中央，墙上挂着几幅色情画。

床头柜上摆着一部带自动答录装置的电话机。里夏尔按下磁带的按键听来电留言。最近这两天有三个来电。都是些气息短促、嘶哑的声音——给夏娃留言的男人的声音。他记下对方建议的约会时间后，从公寓里出来，飞奔下楼来到街上，重新坐进车里。一回到勒韦西内，他便走向内线电话，用令人肉麻的声调叫着少妇。

"夏娃，你听到我的话了吗？三个！今天晚上！"

他走上二楼。

她正在套房的小客厅里画一幅水彩画。画布上是一片宁静而迷人的风景——沐浴在阳光下的一片林中空地，在画布的正中，用黑炭条画出来的是维韦安娜的脸。里夏尔大笑着从画边走开，他抓起梳妆台上的一瓶红色指甲油，将整瓶油全泼到了画上。

"您就不能换点别的吗？"他低声耳语道。

夏娃站起身，井井有条地将画笔、颜料和画架一一收好。里夏尔将她冲着自己一把拉了过来，两人的脸几乎贴到了一起，他低声说：

"您这么顺从地委屈自己来满足我的欲望，真是谢谢您了，衷心地谢谢您……"

夏娃的五官拧成一团，从嗓子里迸发出一声长长的哀怨，声音低沉而嘶哑。接着一道怒光从她的眼中射出。

"放开我，你这个拉皮条的！"

"啊！太滑稽了！真的！我向您说实话，您在反抗的时候真的很迷人呢……"

她挣开了他。她把头发重新理顺，拽好衣服。

"好啊，"她说，"今天晚上？您真的想那样？那我们什么时候走？"

"那么……马上就走！"

他们一路上彼此无言。他们走进莫鲁瓦戈多大街的那套公寓，依然不发一言。

"您准备准备，他们应该很快就到了。"拉法格命令道。

夏娃打开衣橱，开始脱衣服。她收好衣服，随后开始装扮自己，她穿上皮裙和网袜，套上一双黑色长皮靴。她又在脸上化起妆来，涂上白色的粉底，抹上鲜红的口红，然后坐到床上。

里夏尔走出房间，来到公寓被隔开的另一边。隔墙上是一面双向镜，所以，夏娃正在等候的房间里发生的一切，他都可以尽然偷窥。

半个多小时后来了第一位客人，这是个喘着气的六十多岁的商人，脸上一片中了风的红晕。第二位过了晚上九点才到，这是个外省的药剂师,他定期和夏娃见面,但他只满足于看着她裸身在狭窄的房间里走来走去。终于到了第三位,这一位在电话里约定过来时就已是气息急促,夏娃不得不让他按下性子耐心等待。这是个世家子,是那种明明是同性恋自己却不肯承认的人,他一边来回走着一边骂声不断地自慰,情绪渐渐亢奋起来,夏娃一直陪他走来走去,还给他帮一把手。

里夏尔在镜子后面欣喜若狂地欣赏着这场表演,他坐在一把摇椅里晃着身子偷偷地笑着,少妇每一次显出恶心的表情时,他都禁不住鼓掌。

一切结束后,他回到了她身边。她将整套皮衣扔到了一边,穿上原先的暗色调套装。

"完美啊!您总是这么完美……了不起而且耐心十足!来吧。"里夏尔低声说道。

他抓住她的胳膊,带着她来到一家斯拉夫人开的餐馆吃夜宵。一支茨冈人的乐队贴在他们桌边表演,他慷慨地将大把的钞票甩给这些乐手,这些钱正是夏娃的客人之前放在床头柜上的服务费。

*

搜寻一下你的记忆。那是个夏夜。天气热得让人发慌,空气湿漉漉的,肩头仿佛压上了一副重担。风雨迟迟未至。你骑上摩托车,准备趁着夜色转一转。你想,夜空下的风会让你舒服一点。

你飞快地骑着。风灌进你的衬衫,卷起衣角和下摆,叭叭作响。一些飞虫掉在你的眼镜上,掉在你的脸上,但你不再觉得热了。

一辆汽车头灯的两道白光划出你在黑暗中的行车轨迹,但过了很久,你才开始对此感到不安。两只电眼,它们瞄准你,再也不放开。你紧张失措,你将一二五摩托车的油门深踩到底,但是尾随着你的那辆汽车动力十足。它毫不费力地一直紧跟在你身后。

你在树林里绕来绕去,这种对你不舍不弃的注视起先让你焦虑,随后你开始感到恐慌。你从后视镜里可以看到驾驶者只身一人。他似乎并不想靠近你。

终于,暴风雨来了。开始还只是细雨纷纷,接着就倾盆而下。转了一个又一个弯,汽车总会重新出现。你全身淋透,打着寒战。一二五的油表开始闪起警示红灯。在树林里转了又转,你已经完全迷失了方向。你再也搞不清去最近的村子该走哪个方向了。

路很滑,你减了速。汽车猛地一跃贴了上来,几乎开到了你的前面，同时试图将你逼到路边。

你刹住了车，将摩托车掉转方向。你重新发动引擎，准备向反方向开去，这时你听到了他刹车的嘶鸣声——他也将车掉头，继续跟在你的身后。茫茫黑夜中，雨水如注，从天而降，让你无法辨清面前的路。

突然，你提起前轮冲向一个斜坡，希望借势跃过树林下方的一个灌木丛，但是你滑倒在泥中。一二五倒在路边，引擎熄了火。你试着将车拉起来，但这花了你不少的气力。

你重新坐到车上，踩下启动杆，但是再也没有油了。一支强力的电筒将灌木丛照得通亮。这束光令你惊恐莫名，你跑到一棵树下躲了起来。你将手伸进右脚长筒靴的鞋帮，摸着一支短剑，这把德国党卫军短剑你一直都带在身边……

确实，汽车也在路上停下来。当看到这个厚重的身影正扛着一把枪走过来时，你感到肚子不禁一紧。枪口转向了你。枪声与雷声混在了一起。电筒被放在汽车顶棚上，关上了开关。

你拼命地飞奔起来。为了拨开荆棘找出一条路，你的双手被刮扯开无数道口子。时而你又看到了电筒的光亮，你身后重新闪出那道强光，照亮你逃跑的方向。你什么都听不到了，你的心极度猛烈地跳着，靴子上黏着一块泥，你跑起来步履沉重。你握着拳头紧紧攥着那把短剑。

追捕究竟持续了多久?你摸着黑,气息短促地跳过被砍倒在地上的一棵又一棵树。卧在地面的一块树桩将你绊倒,你四肢张开,倒在了这泥泞不堪的地上。

躺在泥中,你听到了一声叫喊——就像是虎啸般的一声低吼。他飞身一跃压住你的手腕,用他靴子的跟踩踏着你的手。你松开手,短剑掉了下来。他又扑在你的身上,双手紧摁住你的肩膀,然后抬起一只手盖到你嘴上,另一只手掐紧了你的咽喉,同时他用膝盖顶住你的腰。你试图咬他的手掌,但你的牙齿只碰到了土块。

他将你的身体拉起来弯成弓形,紧贴着他。你们就这样彼此黏在一起,在浓浓夜色中……雨停了。

三

在一间阁楼卧房里,亚历克斯·巴尼正躺在折叠铁床上休息。除了等待,他无所事事。在法国南部这片灌木丛生的石灰质荒地上,一阵阵喧闹的蝉鸣声令他烦躁不安。透过窗户,亚历克斯看着一棵棵橄榄树奇形怪状的侧影,夜色下的这些树干仿佛在不停地扭曲,最后以怪诞的姿势停住不动;他用衬衫的衣袖擦了擦渗出酸酸汗水的前额。

裸露的灯泡只用一根绳子吊着,引来了一团团蚊虫;每隔一刻钟,亚历克斯都会发泄一次,拿起一瓶气雾杀虫剂向蚊虫喷去。水泥地面上,虫子的尸体摊成了黑乎乎的一大圈,上面散落着一处处细小的红点。

亚历克斯艰难地站起身,拄着根拐杖,一瘸一拐地从卧室出来,朝这幢农舍的厨房走去。这是一幢位于卡涅和格拉斯①两地间荒乡僻野里的农舍。

　　冰箱里塞满了各种食物。亚历克斯取了瓶啤酒,打开瓶盖便一口气喝光。他猛烈地打着嗝,接着又开了一瓶,从房子里走了出来。远处,放眼望过布满橄榄树的山丘,只见一片海水在无云的天空下波光粼粼,与如水的月光相映生辉。

　　亚历克斯小心翼翼地走了几步。他的大腿很疼,那种一阵阵的短促剧痛。绷带紧勒着肌肉。这两天脓倒是没有了,但伤口还迟迟不能愈合。子弹横穿过肌肉群,却奇迹般地绕开了大腿的股动脉和骨组织。

　　亚历克斯单手撑住一棵橄榄树撒尿,尿液浇在一群正忙着搬运很大一堆细树枝的蚂蚁身上。

　　他又喝起了啤酒,他朝酒瓶大口饮着,用酒沫漱完口后又吐了出来。他坐在阳台的长椅上,一边吐着气,一边又开始打嗝。他从运动短裤的兜里掏出一盒高卢香烟。啤酒溅在他那黏满油渍和灰尘的T恤上。他隔着T恤捏着自己的肚皮,用拇指和食指夹起一块赘肉的皮来。他胖了。这三个星期来除了休息和吃喝外无事可干,他胖了。

　　他用脚踩踏着一张半个月前的报纸。高筒靴的鞋跟将头版

---

① 卡涅和格拉斯均为法国南部尼斯附近的城市。

上印着的那张人像紧紧盖住。他本人的头像。在一栏加粗的文字中，赫然跳出几个大一号的黑体字——他的名字——亚历克斯·巴尼。

在另一张小一号的照片上，一个男人搂着一个女人的肩膀，女人的怀里抱着个婴儿。亚历克斯清了清嗓子，冲着报纸吐了口痰。唾沫里夹着几根烟丝，在婴儿的脸上化开。亚历克斯又吐了一口，这一次正中对着妻儿微笑的警察的脸。这个警察如今已是个死人……

他将剩下来的啤酒全倒在报纸上，油墨渐渐稀释，一片模糊地罩在照片上，报纸开始发泡变软。啤酒流动的长痕一条一条地将整张报纸覆满，他聚精会神地注视着这一幕。接着他跺起脚，将报纸碾得粉碎。

一阵焦虑袭上他的心头。他的双眼湿润了，但是泪水并没有涌出；嗓子里刚有哽咽之意却又立刻干涩如初，这让他有些慌张。他拉平了包扎伤口的绷带，理好起皱的地方，将整个绷带重新绷紧后，又将安全别针换了个位置别好。

他将双手平贴在双膝上，就这么待在那儿，看着夜色。他住进农舍的最初几天里，因为无法适应孤独而难受至极。伤口的感染使他发起低烧，双耳嗡嗡作响，再加上蝉鸣，他极为不适。他仔细观察过这片石灰质荒地，常常觉得有棵树在动，夜里的声音也使他惊惶不安。他手里总是攥着把手枪，在躺下的时候就将手枪放在肚子上。他担心自己会就这么疯掉。

装钞票的袋子就在床脚。他一条手臂吊着袋子悬在床边，一只手伸进一捆捆钞票里，翻前转后，搓来弄去，与钞票这样的肌肤相亲令他深感陶醉。

他有时候会欣喜若狂，当他想到自己总归不会再有事的时候，就会突然大笑起来。谁也找不到他。他藏在这里很安全。周围没有别的房子，最近的也在一公里开外。那是些荷兰或德国游客买下来度假的废弃农舍。间或会有一帮嬉皮士像山羊一样成群结队地涌来。偶尔还会来个陶器商……根本犯不着有任何担心！白天他有时会用望远镜观察公路和周边地带。游客采着路边的花，久久地徒步闲逛。几个孩子都长着一头鲜亮的金发，两个是小姑娘，另一个是比她们稍大些的男孩。另一边，他们的母亲正在屋顶平台上一丝不挂地晒着日光浴。亚历克斯窥视着她，一边揉着自己的裆部，一边难受地哼着……

他来到厨房做了份煎鸡蛋。他就着平底锅吃掉鸡蛋，再用面包蘸上锅里的残汁吃了个干净。然后他玩起了飞镖，但是每次掷出去后都要走过去捡，这使他很快就厌烦了。房子里还有台弹子机，他刚入住的时候还用得挺好，但现在已经坏了一个星期。

他打开电视。他调来调去,不知道是该看法国三台的西部片,还是一频道的综艺节目。西部片讲的是一个匪徒用淫威慑服了整个村子后变成法官的故事。这家伙真的是疯了,他带着一头狗熊散步,头总是姿势怪异地向一边歪着——这个匪官在被处以绞刑时侥幸逃生……亚历克斯将电视的声音关掉。

法官,真正的法官,穿着红袍戴着那种白色衬领的法官,他倒是见过一个,就一次。那是在巴黎司法院。樊尚硬拉他去那儿旁听一场审判。他真是犯毛病了。樊尚是他——亚历克斯——唯一的朋友。

今天,亚历克斯遇上了麻烦。他想,这种情形要是换作樊尚遇到,他应该会知道怎么办……如何离开这个偏僻的鬼地方而不让警察抓到,如何让这些肯定编过号的钞票能用掉,如何到国外对付着谋生让自己被人渐渐淡忘。樊尚会说英语、西班牙语……

此外,最重要的是,樊尚才不会这么愚蠢地给自己下个套!他肯定会事先考虑到警察,考虑到藏在天花板上的那个摄像头,它把亚历克斯的壮举全都拍了下来。那倒真是个壮举!一边狂吼着一边闯进营业厅,手枪直指银行柜员……

樊尚应该会事先记下星期一惯常的客户数量,特别是会留意到这个警察，他每周都在这天休息，十点钟会来这儿取笔现金，然后再到附近的家乐福里购物。樊尚还会戴上一个只露出眼睛和嘴巴的面罩，朝摄像头开几枪……亚历克斯倒是戴了这样一个面罩，但是那个警察一把将它扯了下来。樊尚不会有片刻的等待，就会将这个想充英雄的家伙一枪撂倒。既然到了你死我活的关头……

可当时是亚历克斯——他惊呆了，在这当口，他还迟疑了片刻才做出决定——赶紧开火！亚历克斯被突袭了，亚历克斯被一枪击中大腿，亚历克斯拖着伤腿走了出去，一边滴着血一边拎着装满了钞票的袋子。没错，真的，樊尚肯定能全身而退！

再也没见过樊尚了。没人知道他躲到哪儿去了。也许他死了？无论如何，没有了他的的确确是场灾难。

不过亚历克斯也学会了很多事。樊尚失踪后，他结交了些新朋友，正是他们为他提供了假证件，还在普罗旺斯的这片荒芜的石灰质地上给他找了个藏身之所。樊尚消失的这四年里，亚历克斯也完全变了个模样。他父亲的田地、拖拉机、奶牛，都已离他远去。他在莫城做了夜店保安。每个周六，都会有醉酒闹事的客人，他就会抡起棒槌一样的双拳教训他们一顿。亚历克斯有了光鲜的衣服、一枚大金戒和一辆车。差不多像个体面的先生了!

随着不断地替别人去揍人,他也暗想过,要是为自己去揍人,倒也不坏。亚历克斯揍啊,揍啊,揍啊。夜里,深夜,在巴黎,在那些漂亮的街区,在夜店和餐厅的出口……揍回来一个个总归是鼓鼓囊囊的钱包,揍回来一张张信用卡,这些蓝卡使用起来那么方便,他不断地刷着,添置的衣服现在已相当充足。

然后亚历克斯感到了厌倦,揍得这么猛,揍得这么频繁,回报其实还是不值一提。去银行,就那么一次,拼了命揍一次,他在余生就可以再也不用揍人了。

他懒洋洋地躺在椅子里,眼睛直愣愣地盯着已经没了节目的电视屏幕。就在他的手边,一只老鼠嘎吱作响地沿着一块踢脚板溜了过来。他伸长胳膊,摊开掌心,随着一个迅猛的动作,他的五指便抓在了那毛茸茸的小身体上。他感觉到那小心脏的疯狂的跳动。他想起了在田地里,拖拉机的车轮将躲藏在树篱里的仓鼠和鸟赶得四处飞奔。

他将老鼠贴近自己的脸,开始轻轻地越捏越紧。他的指甲深深地抠进了丝滑的毛皮里。嘎吱声越发尖锐。于是,他仿佛又看到了那张报纸,那些粗大的文字,还有记者那一栏栏花哨词语中夹着的他那张疑犯照片。

他站起身走到房门外的台阶上，用尽全力将老鼠扔到了夜空下的远方。

*

你的嘴里带着这种发霉的土味，这块黏稠的泥土被你整个压在身下，温热而柔软地贴着你的上身——你的衬衫被扯碎了，此外你还能嗅到青苔和烂木头的味道。而他双手的虎口正箍在你的脖子上，几根绷起来的手指摁住你的脸，使你像囚犯一样动弹不得，他的一只膝盖弓起来顶着你的腰，他将全身的重量都压在上面，仿佛他要将你直接埋进土里，让你消失在地里。

他喘着气，让气息渐渐平静下来。你呢，你再也无法动弹——等，只能等。短剑就在草地上，在你右手边的某个地方。必须要在几秒钟内让他松开手。那么，腰往上一顶，你就可以让他从你身上摔下来，再将他打倒在地，你拿起短剑，杀他，杀他，捅开他的肚子，这个浑蛋！

他是谁？一个疯子？一个在树林里勾搭别人的虐待狂？时间一秒一秒地过了很久，你们还是两个人躺在一起，痛苦地陷在泥里，在夜色中倾听着彼此的气息。他会杀了你吗？或者杀你前还要先鸡奸你?

　　树林完全安静下来,死气沉沉,仿佛没有任何生命的迹象。他一句话也不说,更为平静地呼吸着。你等着他的动作。他的手会摸向你的小腹?差不多就是这一类事情……慢慢地,你终于控制住恐惧,你知道自己做好了反抗的准备,会把手指插进他的双眼,会找准他的咽喉一口咬去。但是什么事也没有发生。你还是那样,在他的身下,等着。

　　而他笑了。轻轻的一声笑,开心、真诚,就像孩子的笑声。孩子收到圣诞礼物时的那种笑声。笑声凝固了。你听到了他的声音,稳重而平和。

　　"什么也不要怕,小家伙,别动,我不会伤害你的……"

　　为了打开电筒,他的左手离开了你的颈部。短剑就在那儿,插在草里,只有差不多二十厘米的距离。可是,他用脚将你的手腕压得更紧,然后又将短剑远远地扔开。你最后的机会……

　　他将电筒放在地上,紧紧揪住你的头发,将你的脸朝黄色的光圈扭了过来。你的眼睛被刺得睁不开。他又说起了话。

　　"是的……就是你!"

　　你的背越来越沉重地感受到他膝盖上的重量。你叫了起来,可他拿出一块带着香味的布片贴在你的脸上。你反抗着以免就此不省人事，然而，他慢慢地松开你，你已经失去知觉。一股黑色的巨流汹涌翻滚着袭向你。

过了很久，你才从昏沉中醒来。你的记忆一片模糊。你是在床上做了个噩梦，做了个可怕的梦吗？

不，周围一切都是黑的，就像是夜梦中的那团黑，但是此刻，你明明就是醒着的。你狂吼起来，久久地吼着。你试图移动身体，想重新站起来。

但是你的手腕和脚踝都被锁链拴了起来，手脚都只有极为狭小的活动空间。你摸着黑探触着你躺着的这块地。地面很硬，上面铺着一层漆布。你的后方是一堵填了泡沫材料的墙。链条就密封在墙体内，封得牢牢实实。你一边用一只脚顶住墙，一边扯动着链条，但即便用上比这大得多的力气，这些链条应该也能承受得住。

这一刻你才意识到你赤身裸体。你没穿衣服，一丝不挂，被用锁链拴在一堵墙上。你探触着自己的身体，身体很烫，你寻找着是否有痛感暂时麻木了的伤口。但是你细腻的皮肤十分光滑，并无伤痛之处。

这间幽暗的房间并不冷。你赤裸着身体，但不觉得冷。你问有没有人，你喊了起来，拼命地喊着……然后你哭了，你捶打着墙，摇晃着锁链，无能为力地狂吼着。

你觉得自己已经喊了几个小时。你坐在地上，贴着布坐着。你想可能是有人给你下了毒，所有这一切，只不过是些幻象和谵语……或者你已经死了，昨天夜里，在公路上，骑着摩托，你死去那一刻的记忆现在已经荡然无存，但可能过一会儿会记起来？是的，应该是这样，死亡，被锁在黑暗之中，再也无知无觉……

但是不对，你是活着的。你又叫喊起来。那个虐待狂在树林里将你俘获了，但他没有对你下任何毒手，没有，完全没有。

我疯了……你也想到了这一点。你的声音无力、微弱、嘶哑，你口干舌燥，再也叫不出声了。

是啊，你渴了。

你睡了。醒来的时候，埋伏在黑暗中的干渴感正静候着你。它很耐心，在你睡的时候一直陪护着你。它紧紧地握住了你的咽喉，阴险恶毒又挥之不去。苦涩厚重的灰尘盖满了你的嘴唇，灰尘的颗粒在你的牙齿间摩擦作响。不是简简单单的喝水的欲望，不，根本是另一回事，你从来没有经历过的事，它的名字带着清晰的声音和形象如同鞭子般向你抽了过来——渴。

你试着想些别的事情。你默诵着诗歌。间或你会站起身拍打着墙求援。你先是喊着——我渴——然后你小声嘟囔——我渴,最后你一心只是在想——我渴!你一边呻吟,一边哀求有人来给你点水喝。你后悔刚开始时那样撒尿。你当时用尽全力扯动着链条,只是为了能将尿撒得更远些,使地上铺着的这块作为你的简陋小床的布头能保持干净。我要渴死了,我本来还可以喝自己的尿……

你又睡着了。几个小时,或者仅仅只有几分钟?你无法确定,在黑暗中赤裸着身体的你,没有了时空感。

漫长的时间就如此流逝。突然,你明白了——搞错了!他把你当成某个别的人了,他要如此折磨的那个人并不是你。于是,你聚集起最后的力气大声叫道:

"先生,求求您了!您快过来,您搞错了!我叫樊尚·莫罗!您搞错了!樊尚·莫罗!樊尚·莫罗!"

接着,你想起了树林里的电筒。黄色的光束投射在你的脸上,他已经用低沉的声音说过:"就是你!"

那么,就是你了。

第二部　毒液

一

周一早上，里夏尔·拉法格一大早就起了床。他这天的日程排得很满。跳下床后，他到游泳池里练了一会儿蛙泳，接着在花园里吃起了早饭，他一边用餐一边享受着清晨的阳光，顺带还心不在焉地将报纸上的各条标题一扫而过。

罗歇正在奔驰的驾驶座上等他。临走前他要上楼和夏娃打个招呼，她依然在熟睡着。他轻轻拍了一下她的脸，将她唤醒。她惊跳着坐起身来，满脸惊愕。被子滑落下来，双乳那美妙的曲线尽现于里夏尔注视的目光前。他用食指的指尖轻抚着她，从肋骨处的皮肤慢慢向上滑，一直滑到峰顶的乳晕。

她禁不住笑出了声，她握住他的手，向自己的腹部拉去。里夏尔立刻缩回了手。他站起身要离开卧房。走到房门前，他转过身来。夏娃将被子全扔在一边，向他伸出了双臂。这次轮到他笑了。

"蠢货！"她吹了声口哨道，"你其实想得要命！"

他耸了耸肩膀，鞋跟一扭便消失了。

半小时后，他来到了位于巴黎市中心的医院。医院的整形外科蜚声国际，他是科室的负责人。但他只是早上在这里工作，下午他会去布洛涅①他自己名下的临床诊所。

他在办公室里闭门研究当天预排手术的资料。他的一群助手不耐烦地等候着他。必要的思考时间过后，他穿上了已消毒灭菌的手术服，走进了手术室。

手术室位于一间阶梯教室的下方，两者之间只隔了扇玻璃窗。在教室里观摩的医生和医学院学生为数众多——扬声器里传来拉法格有点变调的声音，他正向他们陈述病例。

"好的，我们看到在前额和面颊上，有几块很大的疤痕疙瘩，这是'液体化学品'爆炸后形成的烧伤，鼻子的锥体结构已经完全不存在了，眼睑也被毁坏，因此你们能看到用皮管移植方式进行治疗的典型手术指征……我们要从胳膊和腹部的皮肤上取样……"

---

① 又称布洛涅比扬古，巴黎城区近郊的城镇。

拉法格已经开始用手术刀在患者肚子上切割几大块矩形皮样。在他的上方，观摩者的脸都紧紧地贴着玻璃。过了一个小时，他可以将第一步的成果展示出来了——几块缝合成圆柱体的皮瓣，它们来自患者的胳膊或腹部，将移植到满是烧伤伤痕的脸上。双蒂皮瓣的特性可以使完全损坏的皮肤表层重新生成。

患者已经被推到了手术室外。拉法格取下口罩，为他的讲解做结束语。

"在这种情况下，手术的安排只能取决于轻重缓急的程度。当然了，这类手术还需要再重复进行几次，才能取得满意的术后效果。"

他对听众的专注表示了感谢，然后便离开手术室。此时已过了正午十二点。拉法格向邻近的一家餐馆走去，半路上他路过一家香水店。他走进店里买了瓶香水，打算当晚送给夏娃。

吃完午饭，罗歇开车将他送到了布洛涅。门诊从下午两点开始。拉法格迅速地为一个个病人诊治，一位年轻的母亲带着她患有兔唇的儿子来求医，另有一群看鼻子的病人——周一是鼻部整形的专门就诊日，断鼻梁、歪鼻、鼻头过大……拉法格从脸部两侧叩触着一个个患者的鼻腔外壁，展示着"术前/术后"的照片。大多数来求诊的是女人,但也不乏几个男人。

门诊工作结束后,他查阅几期最新的美国杂志,开始独自一人工作。傍晚六点,罗歇进来找他。

回到勒韦西内,他敲了敲夏娃的房门,接着拉开了门闩。她在钢琴前赤身弹着一首奏鸣曲,似乎并没有觉察到里夏尔的出现。她背对着他坐在琴凳上,一边敲着琴键一边轻轻摆动着头,一缕缕黑褐色的卷发在肩头摇曳。他欣赏着她那肉感而结实的背、腰部的浅窝,还有她的双臀……突然,她停住了这首轻快甜美的奏鸣曲,开始弹起里夏尔痛恨的那首乐曲的起始旋律。她刻意用低音嘶哑地轻唱道:"总有一天,他将出现,我爱的男人……"她用力弹出一组变调的和弦,乐声戛然而止,她将腰一扭,琴凳转了个方向。她坐在凳上正对着里夏尔,双腿张开,拳头抵在膝盖上,完全是一种淫荡而挑衅的模样。

过了好几秒钟,他才将眼神从她阴部覆盖的褐色耻毛上移开。她蹙起眉头,慢慢地继续分开双腿,将一根手指伸进下面的缝隙,同时双唇微张,呻吟着。

"够了!"他叫了起来。

他笨手笨脚地将上午买的那瓶香水递给了她。她带着一种奚落的神情打量着他。他将香水放在钢琴上,扔给她一条浴巾叫她披上。

她一跃而起，满脸微笑地扔掉了浴巾，贴到他的身上。她用双臂环拥住里夏尔的脖子，胸在他的上身轻轻摩擦。他不得不掰开她的手腕才挣脱出来。

"您快准备一下！"他命令道，"今天白天我过得很开心。我们等会儿出去。"

"我要穿成婊子那样么？"

他扑到她身上，用手掐住她的脖子，将她从身边推开。他又说了一遍命令。她被掐得几乎透不过气，他只得赶紧收手。

"对不起，"他嘀咕道，"我求您了，穿上衣服吧。"

他下到一楼，心神不宁。他决定查看一下信件让自己安静一下。俯下身段操心家务事里的小细节，这令他非常厌烦，但是自从有了夏娃后，他便辞退了之前雇的那位负责做这些琐碎事的秘书。

他计算了罗歇加班的时间，还有里娜后面带薪休假的时间，算小时薪酬算得他头晕脑涨，必须再算一遍。在他还趴在纸上的时候，夏娃已出现在大客厅里。

她风采照人。她穿着一件金属箔片嵌饰的黑色露肩长裙，颈部以一条珍珠项链作为配饰。她向他俯下身子，从她那暗白的皮肤上，他闻到了他刚送给她的香水的味道。

她向他微笑着，拉起了他的胳膊。他坐进奔驰的驾驶座，几分钟后，便开到了圣日耳曼森林，林中满是被温柔夜色吸引而来的散步者。

她走在他身边，头倚在他的肩膀上。他们起先并没有说话，接着他开始对她说起早上的手术。

"去你妈的……"她哼唱道。

他带着半分愠怒闭上了嘴。她抓起他的手观察着他，似乎被逗乐了。她提出到一条长椅上坐坐。

"里夏尔？"

他似乎走了神，她不得不又叫了他一声。他来到她身旁坐下。

"我想看看海……这么久以来我一直都想。我喜欢游泳，这你知道的。一天，就一天，看看大海。然后，我会为你做你想要我做的任何事……"

他耸了耸肩膀，解释说问题并不在这儿。

"我向你保证我不会跑掉……"

"您的保证一文不值！再说我想要您做的您都已经做了！"

他摆出一副发怒的样子，让她不要再说了。他们又继续走了一段，一直走到河边。一帮年轻人正在塞纳河上玩帆板。

她突然叫了声："我饿了！"作为回应，里夏尔提出带她到附近的一家餐馆吃晚饭。

他们在一个露天棚架下坐了下来，一位服务生过来听他们点单。她吃得津津有味，他却几乎没有碰盘里的菜。在掰开一只龙虾尾巴时，她费了很大的劲，恼火之余她像孩子似的扮了几下鬼脸。他禁不住笑出了声。她也笑了起来，可里夏尔的脸又拉了下来。他想，我的上帝，有时候，她看上去倒挺幸福的！真是难于置信，太不公平了！

她留意到拉法格态度的变化，决定借机发挥。她打着手势让他把身体贴过来，然后在他耳边轻声说了起来……

"里夏尔，听我说，那边那个服务生，从咱们开始吃饭起他的眼睛就没离开过我。我等会儿就把这事给了结了……"

"闭嘴！"

"真的，我等会儿去洗手间，顺路就跟他约上，接着我马上就找个树丛钻进去。"

他把身子从她旁边移开，她仍继续小声地说着，声音越说越响，一边说一边冷笑。

"不行？你不愿意？你藏起来，你什么都能看得到，我会想办法靠近你的。看那家伙，他真是想得眼馋呢……"

他朝她吐了口烟，烟雾喷了她满脸。但她就是不肯闭嘴。

"不行？真不愿意啊？就像这样，我把裙子撩起来，利索完事，一开始的时候，你不是挺喜欢这样的吗？"

"一开始的时候"，确实，里夏尔把夏娃带进过树林——樊尚森林或者布洛涅森林——强迫她委身于夜行的路人，他藏在矮树丛中，观察着她堕落的样子。后来，因为担心会突然有警察来巡视，造成不堪设想的后果，他才租下莫鲁瓦戈多大街的那套公寓。从此，他定期让夏娃去那里卖淫，一周两次或三次。这足以平复他的怨恨。

"如今，"他说，"您主动想干这种不堪的事了……您都快让我同情您了！"

"我才不相信你呢！"

他暗想道，她想激怒我，她想让我以为，她在我给她造成的沉沦生活中自得其乐，她想让我以为，她很安于这样堕落下去……

她继续着她的游戏，甚至大胆朝服务生的方向投去意味深长的一瞥，服务生的脸刷一下红到耳根。

"来，我们走吧！这一切折腾得够久了。如果您真这么想'取悦'我，我们明天晚上就去赴约，或许我还会请您在人行道上站站街……"

夏娃笑了，她抓起他的手以免失去风度；他知道所有这些明码标价的投怀送抱对她而言是何种痛苦,他也知道每次强迫她出卖肉体时她遭了多少罪——偶尔,当他从公寓的双向镜窥视时,她的双眼会噙着泪水,她的脸会在压抑的痛楚下扭曲变形。而她的痛苦是他幸灾乐祸的源泉,也是他唯一的安慰……

他们回到了勒韦西内的别墅。她跑进花园,敏捷地除去衣衫,跳进游泳池,开心地叫着。她在水中嬉戏,时而还会憋住气在水下消失片刻。

等她从池里出来时,他用一块大浴巾将她包了起来,用力为她擦拭。她望着星空,任由他擦来擦去。随后他将她送回套房,就像每天晚上那样,她躺到席子上。他准备着烟斗和鸦片的油丸,为她递上毒品。

"里夏尔,"她喃喃地说着,"你真是我见过的最浑的浑蛋……"

他静候着她用完一天的量。在这件事情上压根不需要强迫,她嗜毒成瘾,很长时间以来一直是这样……

*

渴之后是饿。除了干涩的喉咙,除了被尖锐的碎砂石磨裂的双唇,在你的腹部,又弥散开深深的剧痛,仿佛有些手在拧着你的胃,使你的胃极度酸疼,不断痉挛……

好几天了,是啊,这么难受,必然是要过这么久的,好几天了,你一直困在这间斗室里。一间斗室?不……现在你觉得关你的这个房间相当宽敞,尽管你不能确认这一点。你的叫喊从墙面传来回声,你的双眼也已经习惯了黑暗,这差不多就能使你"看到"你这所牢房四面墙的位置了。

你不断地说着胡话,无休无止地说了几个小时。你萎靡不振,躺在你那简陋的床上,也不再起身。有时候,你会冲着锁链发狂,你啃着上面的金属,发出野兽般的嗥叫。

你曾经看过一部电影,一部关于狩猎的纪录片,画面让人徒生怜意。一只狐狸的一条腿陷在陷阱里,它咬断自己的皮肉,一块一块地扯开,直到从陷阱中挣脱。结果,狐狸终于可以逃脱了,但废了条腿。

而你,你不能咬断自己的手腕或者脚踝。这些地方依然在渗着血,因为皮肤和金属不断在摩擦。又烫又肿。要是你还有余力思考的话,你会担心坏疽,担心感染,担心会从四肢开始,全身腐烂。

但是你想的只是水,激流,雨水,任何可以用来喝的东西。你要费尽力气才能排出尿来,每一次排尿,肾部的疼痛都会更加强烈。一种灼烧感下坠到你的下体,长时间挥之不去,使你在排尿时只能排出几滴热的尿滴。你躺着的地方遍布了你的排泄物，它们贴在你的皮肤上，变干变脆。

很奇怪的是，你的睡眠却异常平静。你疲惫不堪，所以睡得香沉，但是梦醒后又是残酷的现实，眼前尽是幻象。一些可怕的生物在黑暗中窥视着你，随时准备跳到你的身上，咬噬你。你觉得听到了脚爪在水泥地上的摩擦声，一些在黑暗中等待的老鼠，它们正用泛着黄光的眼睛窥伺着你。

你呼唤起亚历克斯的名字，但叫声只能变成嗓子里的一声摩擦。要是他在这里，他肯定会扯掉锁链，他肯定会知道该怎么做。亚历克斯肯定会用他那乡下人的小聪明找到办法。亚历克斯！在你失踪后，他应该到处找你。你失踪多久了？**你什么时候失踪的？**

然后，**他**来了。是某个白天或者某个夜晚，这已无法弄清。正对着你的那个方向，有扇门打开了。一块长方形的光射了过来，你被刺得睁不开眼睛。

门又关上了，但**他**走了进来，**他**一出现，牢房的空间仿佛一下子就变满了。

你屏住呼吸，留意听着哪怕是最微小的动静，你贴墙蹲着，就像一只被突如其来的强光惊到的蟑螂。你不过是被一只饱食终日的蜘蛛困起来的虫子，他将你储存起来作为今后的备餐。蜘蛛捕获你，是要等到他想品尝你的血时，可以安安静静地享用你。你想象着它毛茸茸的腿，它那瞪得溜圆、无情的双眼，它那柔软多肉的腹部像带着一层凝胶似的不断颤动，还有它那黏满毒液的钩爪，而他那张黑嘴将会把你的生命吸食殆尽。

突然，一盏大功率的探照灯照得你什么也看不见。你在这儿，在你就将面临的死亡的舞台上做唯一的演员，你已经装扮好等着最后一幕演出。你渐渐分辨出，在你正前方三四米处的一把椅子上，有一个坐着的模糊身影。但是探照灯光束形成的逆光使你无法看清这魔鬼的面容。他跷腿坐着，双手顶住下巴，木然地注视着你。

你使出超人的气力挺起身子直直地跪着，做着祈求的动作向他要水喝。你打着磕巴将一个个字吐了出来。你将双臂伸向他，哀求着。

他没有动。你结结巴巴地说出你的名字——樊尚·莫罗。错了，先生，搞错了，我叫樊尚·莫罗。然后你就昏过去了。

当你恢复意识的时候，他已经消失了。于是，你知道没有希望了。探照灯还在亮着，你看到了自己的身体，皮肤上长出了水疱，化出了脓，各种污垢积成了一条条长纹，锁链的擦伤、干掉的大便在你腿上涂满斑驳的色彩，你的指甲已经长得变了形。

强烈的白光让你流下泪来。又过了很久,他回来了。他重新坐到椅子上,面对着你。他将一个东西放在脚旁,你立刻就辨认了出来。一个罐子……装着水?你正用膝盖撑着,低着头四肢伏地。他走了过来。他将罐里的水一下全倒在了你的头上。你舔着地上的那摊水。你双手颤抖着捧起水浇向头发,水于是向下淌了下来,你用手掌接住水不停地舔着。

他又去拿来一个水罐,你这次贪婪地将水一口气喝光。接着,在你的腹部,就像打通了一条通道一样划出一阵疼痛;在你的身下,一条轨迹长长的液状排泄物涌了出来。他看着你。你并没有转身贴到墙边躲开他的眼神。你蹲在他的脚下,这样你感觉更为放松,还带着一种饮水后的幸福。你什么都不是了,只是一只渴了、饿了、受了伤的野兽。一只叫作樊尚·莫罗的野兽。

他笑出了声,你在树林里曾听到过的那种孩子般的笑声。

他常常来给你带点喝的。他在你看来非常高大,在探照灯的逆光下,他的身影占据了整个房间,身影巨大得令人心惊。但是你不再感到恐惧,因为他让你喝水;你想,这应该是他想让你活下去的信号。

后来，他带来了一个白铁皮饭盒，里面装满了泛着红色的糊状物，还漂着些肉丸。他一手伸进饭盒，一手抓起你的头发让你的头向后仰去。你在他的手里吃着，吮着他那流满汤汁的手指。味道真好。接下来他让你独自吃饭，你俯趴在地，脸的一半浸到了饭盒里。你的主人刚才给你的这些猫粮狗食一样的饭菜，你吃得一点也没剩下。

一天又一天，始终是同样的糊状食物。他走进你的牢房，给你饭盒和水罐，看着你狼吞虎咽。然后他就走了，每次都是笑着走的。

慢慢地，你恢复了力气。你省下一点水，用来洗洗身体，你在一个固定的地方排便，在那块漆布的右侧。

希望重新浮现，但这希望显得那么狡诈——主人在乎你……

*

亚历克斯猛地惊醒。一阵发动机的轰鸣声打破了石灰质荒地的宁静。他看了看表——早上七点。他打了个哈欠，嘴上黏糊糊的，舌头因为酒精的依附变得沉重——为了能产生睡意，他在昨夜灌下一瓶又一瓶啤酒和杜松子酒。

他抓起望远镜，将镜头对准公路。荷兰游客那一大家子正挤在一辆路虎上,孩子们拿着桨板和捞鱼勺……看来是出海的一天。年轻的母亲穿着一身比基尼,她那沉甸甸的乳房紧紧地顶着泳衣那细薄的衣料。晨勃使亚历克斯痛苦万分……他有多久没碰过女人了?至少有一个半月了吧?是的,最后一次是和村子里的一个姑娘。似乎已经很遥远了。

她叫安妮,是儿时的一个玩伴。他仿佛又看到了她,红褐色的头发扎成辫子,站在学校的操场上。另一种生活,差不多已被遗忘的生活,庄稼人亚历克斯、乡巴佬亚历克斯的生活。就在突袭银行之前不久,他去看望父母,他们还是那副泥腿子的模样,他们啊!

一个下着雨的午后,他开着车,一辆发出强劲轰鸣声的福特,进入农庄的院子。他的父亲正在屋子台阶上等他。亚历克斯对自己的衣服和鞋都深为自得,这身使他焕然一新的行头让他摆脱了不合时宜的乡土气息。

他的父亲倒是略有些不满。这不是个干净的行当,拿着从村里练出的蛮力到夜店里做事。可回报应该还是挺不错的——儿子他还真有了点气派!他双手的指甲修剪得干干净净,这令父亲感到惊讶。他勉强挤出一道表示欢迎的笑容。

他们两人面对面地坐在厅里。父亲拿出面包、火腿、馅饼和一瓶红酒,接着他自己便开始吃了起来。亚历克斯只是点起一根烟，放下了用来当作酒杯的芥末瓶。母亲安安静静地站着，看着他们。旁边还有路易和热内，农庄里的两个小伙子。跟他们有什么可谈的呢？谈现在的天气，谈未来的天气？亚历克斯站起身，深情地拍了拍父亲的肩膀，便出门走到村子的大街上。一户户人家的窗帘都在悄悄掀动——人们偷偷看着流氓从自家门口经过，巴尼家的儿子……

一走进"运动咖啡馆"，亚历克斯便给在场每一个人买了一杯酒，想把大家都给镇住。几位老人正在打牌，他们用拳头有力地敲着桌子，尽兴地玩着；两三个小男孩在一架弹子机前相互比试。亚历克斯对自己的成功感到骄傲。他一只手一只手地握过去，为所有人的健康一饮而尽。

在大街上，他碰上了莫罗太太，樊尚的母亲。曾经，她是位美丽的夫人，身材颀长，举止优雅。但自从儿子失踪后，她便顿时消沉起来，身材变得干瘪，穿着打扮也总是邋里邋遢。她正佝着背，步履拖沓地去消费合作社买东西。

每星期，她都会到莫城警署去，询问寻找她儿子的情况进展如何。四年了，再也没有指望了。她在各家报纸上无数次登过带有樊尚照片的寻人启事，毫无效果。警察已经对她说过，在法国，每年有上千起失踪案，通常的情况是，永远发现不了任何线索。樊尚的摩托车就停在车库，警察经过仔细检查后还给了她。上面的指纹都是樊尚本人的。车子被人发现倒在一个斜坡上,前轮扭曲变形,车油也完全用尽……在树林里,没有留下任何蛛丝马迹……

亚历克斯在村里过夜。这天是星期六,晚上有场舞会。他看到了安妮,她还是红褐色的头发,只是浓密了一些,她在邻村的豆类罐头制造厂里工作……亚历克斯和她跳了一首慢曲,接着就将她带进了紧靠在附近的树林。他们走到他的车里,躺在放倒的座位上,手脚不便地做起爱来。

第二天,在吻过两位老人后亚历克斯就离开了。一周后,他袭击了一家农业信贷银行,枪杀了警察。村子里所有的人都保存了当时的报纸,头版上有亚历克斯的头像,此外还有警察一家的照片。

亚历克斯拆开绷带,伤疤带着热度,伤口鲜红。他把他朋友给他的粉剂喷洒到大腿上,然后又重新开始包扎,他换了新的敷料纱布,将纱布绑得很紧。

他的阴茎一直耸立着,似乎它也十分痛苦。他一边想着安妮,一边疯狂地手淫。他不曾有过多少女人。得付钱她们才肯。樊尚在的时候,情况则要好得多。樊尚泡女孩都是一群一群的。他们常常两个人一起去舞会。樊尚邀请周围所有的时尚少女和他跳舞。亚历克斯则坐在吧台，喝着啤酒。他看着樊尚行动。樊尚向女孩们微笑，笑容俊美。他就像天使那样极易得到别人的信任。他用脑袋做着可爱而又诱惑的动作，双手则沿着她们的背部游走，从腰部到肩膀，轻轻摩挲。他把她们带到吧台，将她们介绍给亚历克斯。

如果一切进行顺利的话，亚历克斯便跟着樊尚沾光，但不是每次都能奏效。有些女人免不了要扭捏作态一番。她们不喜欢亚历克斯，他这么强壮，就像只浑身是毛的狗熊，彪悍，结实……不，她们更偏爱樊尚，身材娇小，皮肤光滑无毛，一副弱不禁风的模样，她们喜欢樊尚和他那张漂亮的小白脸！

亚历克斯一边自慰一边迷失在回忆中。他的记忆像一幕幕不停变化的闪回片断，所有那些他们曾分享过的女孩，一个个排着队快速掠过他的眼前。他想，樊尚，樊尚这个浑蛋把我给抛弃了，他也许正在美国，跟一帮女影星瞎搞呢！

就在床边，石灰墙面上有一张裸女的照片——一张挂历图——作为装饰。亚历克斯闭上眼睛，精液流在手里，热气腾腾，浓郁丰盛。他用块纱布擦干净后，便下楼来到厨房，烧了份很浓的咖啡。趁着烧水的时候，他拨开那堆堵满了水槽的脏盘子，将头放在水龙头下冲了起来。

他一边嚼着一块上次没吃完的三明治，一边端着热气腾腾的碗，慢慢地喝着咖啡。太阳已经升得很高，室外热得令人窒息。亚历克斯打开收音机，听法国广播电台里德鲁克主持的游戏节目"钱箱"。他根本不关心什么"钱箱"，但是听那些可怜的参与者答题还是非常有趣的，这些家伙回答不上来"钱箱"里的数额，于是和节目组承诺的、他们又垂涎的那笔钱失之交臂……

他不关心，因为他可没有把钱弄丢。在他的钱箱里——应该说不是个箱子，而是个袋子，里面有四百万。一大笔钱。他将那一捆捆的钱数了又数，崭新的钞票，可爱至极的钞票。他查过字典，看过钞票上绘的这些头像都是些什么人。有伏尔泰、帕斯卡、柏辽兹，自己的头像被印在钞票上感觉可真怪啊，从某种意义上来说，自己也成了钱的一部分！

他躺在沙发上，又玩起了游戏，由两千多块小图组成的拼图游戏。朗热城堡，都兰地区的一座古堡。很快就要拼完了。他来这里的第一天，在阁楼上发现了几箱海勒模型①。他用胶、漆和移印图案搭造出斯图卡轰炸机、"喷火"战斗机和一辆

---

① 法国老牌模型品牌。

车——斯柯达希斯巴诺-苏莎1935。这些模型就在不远处，经过精心的喷漆涂色后，它们被用塑料支架撑住放在地板上。后来，因为找不到模型了，亚历克斯便自己造出他父母的农场、两幢房子、房子周边的搭建物、篱笆……一根一根粘在一起的火柴，拼成了一幅笨拙、稚气却令人触动的模型作品。然后只缺一辆拖拉机了——亚历克斯用一块纸板剪了出来。接着，他更加仔细地在阁楼上找了一遍，于是他发现了这块拼图。

他藏身的农舍是他一位朋友的，这个朋友是他在夜店里当保安时认识的。在这里，可以过上几个星期都不必担心会有某个好奇的邻居贸然来访。朋友还为他办了张身份证，但是亚历克斯的面孔辨识度已经很高，法国各地的警察署里应该早就张贴了他的照片，外加一个特别的标注。警察痛恨有人杀他们的同行。

拼图中有几块顽固地拒绝被贴合在一起。这是块湛蓝的天空，很难将它们还原。城堡的小塔、吊桥，这些拼起来都很容易，但是天空呢？空空荡荡、平平静静，令人迷惑……亚历克斯怒了起来，他笨手笨脚地将拼图打乱，不断地重新拼接，接着又将其毁掉。

在地板上，就在他放拼图的那块木盘旁边，一只蜘蛛正在慢慢地爬着。这是只矮胖的令人生恶的蜘蛛。它挑中了一处墙角开始织网。蛛丝有节奏地从它那圆滚滚的腹部流了出来。它跑来跑去，聚精会神，勤勤勉勉。亚历克斯点上一根火柴，烧掉了它刚织好的那片网。蜘蛛非常惊慌，它四处观察着，警惕潜在的来犯之敌，因为它的基因无法让它理解火柴这个概念，于是它又重新开始工作。

它不知疲倦地织着网，结着线，它利用墙上的每一处木刺，将线牢牢地挂在粗糙的墙面。亚历克斯捏起地板上一只死蚊子，扔进刚刚织好的网里。蜘蛛急忙扑了上去，在这个突兀而来的东西旁转来转去，却看不上眼。亚历克斯明白它无动于衷的原因——蚊子是死的。他一瘸一拐地走出房间来到台阶上，轻轻巧巧地抓住了一只藏在瓦片下的夜蛾。他将这只蛾子扔进了蛛网。

夜蛾被粘在网线上，不断挣扎。蜘蛛毫不犹豫地跳了出来，用它那粗大的腿将猎物的身体翻转过来，又织起茧将蛾子团团裹住，随后便将它放进墙面上的一块凹陷里，作为未来某顿美餐储备起来。

*

夏娃坐在梳妆台前，注视着镜子里自己的脸。这是张孩子般的脸，一双大大的杏眼透出忧郁的眼神。她用食指轻拭下颚的肌肤，她感觉到了骨头的坚硬，下巴的突起，隔着丰润的双唇还能触到牙齿的起伏。她颧骨高耸，鼻子微翘，这是只形状精巧、曲线完美的鼻子。

她轻轻地扭了一下头，将镜子往侧面移了移，看着自己的模样，她不禁露出副奇怪的表情，这表情使她本人也颇为惊讶。一种无法掩饰的完美，她那不适的感觉全是因为这四射的魅力。她没见过哪个男人会抗拒她的容颜，会对她的眼神无动于衷。没有，没有哪个男人能看得穿她的神秘——她的一举一动都伴随一种说不清道不明的气韵，将她的动作笼罩上一层迷人心魄、飘忽不定的云彩。她能将所有那些男人都吸引过来，引起他们的关注，唤醒他们的欲望，玩弄他们的不安，只要她出现在他们的视野里。

这种不加任何掩饰的诱惑力却使她内心有一种矛盾的平静——她本想将他们推开，把他们赶跑，摆脱他们，引起他们的反感，然而，她无意识地散发的魅力，也正是她唯一的报复手段；可是虽然这魅力屡试不爽，报复的效果却微不足道。

她化好妆，随后从画架盒里取出画架，将颜料和画笔一一放好，开始在画布上继续她未完成的画作。这是一幅里夏尔的肖像，画里的他身材粗壮、形象粗俗。他男扮女装，坐在吧台旁的高脚凳上，双腿分开，嘴上叼着根烟斗，穿着条玫瑰色长裙，套着黑色的吊带袜，脚上是一双紧紧挤着脚的高跟鞋……

他嘴巴大张地笑着，神情显得傻里傻气。他那两只怪诞的假胸里填满了布料，可悲地垂在松软的肚皮上。他的脸经过一种近似于病态的精雕细琢而绘制成，最引人注目之处就是那只酒糟鼻……看到这幅画，人们自然会联想到这个可怜的怪人的声音，那应该是一种嘶哑低沉的嗓音，粗俗女人在疲惫时发出的那种声音……

*

不，你的主人没有杀你，后来你对此感到遗憾。现在，他对你倒是更好了。他刚刚用水管为你冲了个澡。他用根浇花的管子接上温水喷在你的身上，甚至还给了你一块肥皂。

探照灯一直都亮着。原本的漫漫长夜变成了刺眼的白昼，冰冷的、无休无止的、人造的白昼。

主人过来看你，他坐在一把椅子上，正对着你，他会待上长长的几个小时，仔细观察你的一举一动。

这种"观察课"刚开始时，你一句话也不敢说，害怕引起他的怒火，害怕因为犯错而再度遭受黑夜和饥渴的惩罚，当然你也根本弄不清会犯什么错，似乎你只是必须吃苦受罪。

后来你终于鼓起了勇气。你羞涩地询问今天是几号了，想弄清自己已经被关在这里多久。他毫不迟疑地微笑着回答你，十月二十三日……你成为他的囚徒已经有两个多月了。两个月来你在这里忍受饥渴，那么，你在他的手里吃饭，趴在他的脚下舔饭盒，在喷水管下洗澡，还要多久？

你哭了，你问他为什么要对你这样做。这一次，他沉默不语。你看到了他那两鬓斑白、表情深不可测的脸，一张流露出某种高贵气质的脸，一张你似乎在某个地方曾经见过的脸。

他来到你的牢房，面无表情地坐着。他消失了，然后又回来了。你在被拘禁初期的噩梦已经离你而去。也许他在糊状食物里添加了一些溶解了的镇静剂。当然，你一直还存在焦虑，只是焦虑的内容有了变化——你确信自己可以活下去，你暗想，要不然的话，他已经将你给杀了……他的目的不是让你的身体每况愈下，生命力枯竭直至死亡。他有其他目的。

过了不久，你进食的整个流程也变了个样。主人将一张折叠桌和一个凳子放在你的面前。他还递给你一把叉子和一把塑料刀，就像飞机上使用的那种餐具。饭盆也被盘子取代。真正的饭菜也随之而来——水果、蔬菜和奶酪。你一边反复回想最初几天的经历，一边兴致浓厚地进食……

你一直还是被锁链拴着，不过主人给你那因为与金属摩擦而轻度发炎的手腕做了治疗。他在伤口上敷了一种药膏，接着在铁环下用弹力绷带包扎了你的皮肤。

一切都在好转，可他还是一言不发。你呢，你谈起了你的生活。他听着，听得兴致盎然。你受不了他的缄默。你是必须要说话的，你重复地说着一些故事，一些你童年的趣事，喋喋不休的言语说得你自己开始晕头转向，你只是要向自己证明，向他证明，你不是只野兽！

再过段时间，你的食谱突然又改善了不少。你可以喝上葡萄酒，吃上大概是他让某家熟食店送过来的精致菜肴。餐具也显得很高级。你被封进墙里的锁链拴着，赤身坐在凳子上，饕餮般地享用着鱼子酱、三文鱼、果汁冰激凌和各种蛋糕。

他坐在你的身边，递给你一盘盘美食。他带来一个卡带播放机，你听起了肖邦和李斯特。

至于你那些难以启齿的生理需求，他同样表现得更具人性关怀。就在你手够得着的地方，放了一个卫生桶供你使用。

终于有一天，他承诺在一定的时段内可以让你离开墙。他从墙上取下你的锁链，牵着你，带你在地下室里散步。你迈着缓慢的步伐，绕着探照灯转圈。

为了让你更快地打发时间，主人带了些书来。都是经典著作——巴尔扎克、司汤达……在中学读书的时候，你讨厌这些书，可在这里，你独身一人深居牢房，你要么盘腿坐在漆布铺成的简陋床上，要么靠在折叠桌边，贪婪地读起这些著作来。

慢慢的，你的娱乐活动越来越丰富。主人还注意调节你的各类兴趣爱好。一部高保真音响、一些唱片，甚至还有个国际象棋电子游戏机——时间于是飞快地流逝。他调整了探照灯的亮度，使光线不再那么刺眼。灯被蒙上一层纱布后，光线变得柔和，而地下室里也充满了阴影——你自己身体的阴影，不断地叠加重合……

随着这一切的变化，随着主人不再显露出凶蛮，随着那些奢侈的享受缓解了你的孤独感，你已经全然忘记了，或者说至少是已经逐渐淡忘了恐惧。你赤身裸体的模样和那些系着你的锁链现在看上去是如此的不合时宜。

主人继续牵着你溜圈。你就是一只受过教化、有智能的野兽。记忆里的一处处断层让你痛苦不堪，有时候，你很酸楚地感受到你处境的不真实，感受到它的荒诞。是的，你难以抑制地想询问主人一些问题，但是他并不鼓励你提问，他只是对你是否舒适表示关心。你晚饭想吃点什么，这张唱片你喜欢吗？

村子还有你的母亲是在什么方向？人们正在搜寻你吧？在你的记忆里，你那些朋友的面孔渐渐变得模糊，然后化入一层浓密的云雾之中。你再也无法回想起亚历克斯的模样，记不起他头发的颜色……你高声独语着，惊讶地发现自己在哼着童谣，已经遥远的往日记忆一阵阵猛烈而含混地重现，一些你已经遗忘很久的儿时画面突然浮现在脑海，令人惊讶的清晰如初，但随后它们也消失在朦胧的雾霭之中。时间在膨胀，在收缩，你再也无法弄清——是一分钟，还是两个小时，或者是十年？

主人看出了你的这种困扰，为了防止问题继续发展，他给了你一个闹钟。你出神地观察着秒针的走动，计着时间。时间也显得并不真实——是十点还是二十二点，是周一还是周日？这倒也不重要，你重新让生活形成了规律，正午会饿，午夜想睡。一种节奏，一种可以依附的东西。

好几个星期过去了。在主人的礼物中，你发现了一个活页本、几支铅笔和一个橡皮。你画起了画，一开始画得还很笨拙，但随后你就找回了以往的那种敏捷。你画了一些没有脸的人像，一张张嘴巴，一片片混沌的风景，大海，一望无际的山崖，一只巨大的手卷起海浪。你将这些画用胶带粘在墙上，为了忘却那光秃秃的水泥。

你在脑子里为主人取了个名字。当然，当着他的面你是不敢用的。你把他叫作"狼蛛"，作为对你那些恐怖往事的回忆。狼蛛，一个在法文中一听就是阴性名词的名字，一个让人恶心的动物名称，这个称谓既与它的词性毫不吻合，也和他在为你挑选礼物时表现出的那种细致入微格格不入……

但是你叫他"狼蛛"，是因为他确实就像蜘蛛，动作缓慢而充满神秘，性情暴戾又异常残忍，内心贪婪却难于捉摸，他藏身于这幢建筑的某处，将你囚禁了好几个月，就像织了张奢侈的蛛网①，布下了一个镶了金的陷阱，他是狱吏，你是囚徒。

你拒绝再哭泣，拒绝再伤悲。从物质上来说，你的新生活倒再也谈不上有什么艰辛。在今年的这个时候——二月？三月？——你本应该在高中读毕业班，然而你现在是在这里，在

---

① 在法文中，"蛛网"和"布""画布"为一个词。

这个混凝土立方体里做着囚徒。就这样,赤身裸体已经变成了一种习惯。羞耻之心早已泯灭。只有锁链依旧让人无法承受。

可能是在五月吧,如果你本人对时间的推算可信的话,但实际上也许要更早一些,发生了一件奇怪的事情。

你闹钟上的时间是两点半。狼蛛下楼来看你。他坐在椅子上,就像往常那样,观察着你。你画着画。他站起身走向你。你立起了身体,面对他站着。

你们两张脸几乎贴在一起。你看到了他蓝色的双眸,这是那张凝固的、莫测高深的脸上唯一在活动的部分。狼蛛抬起一只手搭在你的肩膀上。手指颤动着沿着颈部往上移去。他触摸着你的脸颊、你的鼻子,轻轻地戳着你的皮肤。

你的心扑扑乱跳。他滚烫的手朝你的胸部滑了下来,轻柔而灵巧地掠过你的肋骨、你的肚子。他触摸着你的肌肉,你那光滑无毛的皮肤。你误解了他这些动作的含义。你也笨拙地在他脸上开始抚摸。狼蛛咬着牙猛地打了你一记耳光。他命令你转过身去,他继续有条不紊地观察了几分钟。

当这一切结束时,你坐了下来,按摩着被他刚才一记耳光打得一直灼痛的面颊。他一边笑着一边晃动着脑袋,将手插进了你的头发。你也微笑起来。

狼蛛走了。你不断地想着这次全新的接触,这是你们两人关系的一次真正意义的改变。但这样努力思考会使人焦虑,还必须消耗精神上的能量,而你已经很久都不再具有这种能量了。

你重新开始画画,什么也不再去想。

二

亚历克斯丢开拼图游戏。他走出房间来到花园，雕起一块木头来，这是块橄榄树树根。刀在干燥的木头上割着削着，一块块木屑落了下来，慢慢的，出现了一个拙钝但越来越清晰的形状，一个女人的身体。他戴着一顶大草帽遮蔽阳光。他沉浸在这精雕细琢的劳作里，手边还放着瓶啤酒，他已经忘记了自己的伤口。长久以来第一次，亚历克斯的身心得到了放松。

一阵电话铃声使他猛地惊跳起来。他差点让欧皮耐尔刀的刀尖扎伤，橄榄树根从手上滑落，他惊讶地听着。电话铃依然在响。亚历克斯难以置信，他跑进农舍，直直地立在电话机旁，双臂不停抖动——谁会知道他在这儿？

他抓起手枪，这把柯尔特自动手枪是他击倒警察后从尸体上拿走的。这把枪比起他自己的那把性能可要好得多……他一边发抖一边抓起电话。可能是村里的某个商贩，也可能是电信局的工作人员,为了件无聊的小事打过来,或者更好的情况是——打错电话了!但他辨出了声音。这是那个退伍的外籍兵,亚历克斯在农业信贷银行打劫后正是躲在他那里。谈定了一笔可观的数额后,这家伙解决了亚历克斯的护理问题。子弹在穿过股四头肌后已经从大腿内侧射出,取子弹的事因此就免了。他提供了抗生素和包扎用品。他简易快速地缝合了伤口——亚历克斯疼痛难忍,但这位外籍兵发誓说,他的经验完全可以保证他不必再去求医!更何况亚历克斯已经在警察那儿有了案底,当然要避免去医院才能顺利脱身——到医疗机构做一次正规的门诊甚至也是不能考虑的。

电话里的交谈很短,只有只言片语的几句话——农舍的房主刚刚惹上了一件嫖妓丑闻,再过几个小时他的住所就有可能会被例行搜查。亚历克斯必须尽快逃走……

他同意了,还结结巴巴地再次表示了感谢。对方挂上了电话。亚历克斯转着圈子踱步,手上握着那把自动手枪。他躁怒地呜咽起来。一切又得从头再来……逃跑,追捕,对被捕获的恐惧,哪怕看到一顶警帽,他的毛发便会立刻竖起来。

他匆忙整理好物品,将钱倒进一个行李箱里。他穿上一件在衣柜里发现的帆布西服。尺寸偏大了点,可这有什么要紧?

大腿上的绷带在衣料下高高地隆了起来。他刮了把脸,将一个包塞进汽车的后备箱。几件洗换的衣服,一些洗漱用品。正常情况下,这辆车的信息应该还没有进入警察的档案资料。这辆雪铁龙 CX 是那个外籍兵租的,可以用上一个月,他向亚历克斯保证,租这辆车完全符合程序,是按章办理的。

亚历克斯将农舍前的大门完全打开,把枪放进车内的储物箱,发动车子。在公路上,他遇到了从海滨回来的荷兰人一家。

主干道上挤满了游客的车流,在那附近的每一个树丛下,都可能有潜伏的警察在监视车辆违章的情况。

亚历克斯的汗大滴大滴地淌了下来。他的假证件经不起稍微认真一点的检查,因为他的照片已经列入了通缉名录。

他必须马不停蹄地赶到巴黎。在那儿他可以很容易找到个新的藏身处,等待警方的怒火渐渐平息,等待自己的伤口完全愈合。然后,他必须想办法离开法国,同时要防止在越境时被人抓住。去哪儿呢?亚历克斯并不清楚……他回想起和他那帮"朋友"见面时有人悄悄对他说的话——拉美似乎是个安全的地方。但是对所有人都要有防范之心。他的钱会引起太多人的注意——身体虚弱,挂了彩,受了惊吓,在超出自己能力范围的情况下冒险折腾,他隐隐地感觉到,他的未来极有可能根本不是什么玫瑰人生！

他只要一想到监狱就会惊恐万状。樊尚拉他去巴黎司法院旁听审判的那一天，给他带来了一段最令他恐慌的回忆，而且挥之不去，一直伴随着他——站在被告席上的被告聆听着判决书的宣布，听到审判结果后，他长长地发出一声怨气十足的哀号。亚历克斯在他的噩梦中又见到了这张脸，一张因为痛苦、难以置信而扭曲了的脸。他对自己发誓说，万一被逮到的话，一定要留颗子弹给自己用。

他经过一段又一段狭小的省道再次来到巴黎，他特意避开了高速公路和主干道，假期期间，这些地方肯定是被警察分区管控的。

他只有一个人可以去投靠，就是那个退伍的外籍兵（他现在管理着一家私人保镖公司），退伍兵在他银行抢劫受挫、绝望逃命之际已经帮过他一把。亚历克斯倒不会幻想他的这位救命恩人会多么慷慨无私——他贪钱，但也无法操之过急。只有办妥亚历克斯的事情，只有让这些钞票可以在市面上交易，一切才皆有可能……

他也很清楚亚历克斯只能对他俯首听命，一方面是因为伤情的后续处理，另一方面是因为亚历克斯要出国。亚历克斯在新生活里毫无方向，但不会就这样盲目地去越境，然后落入国际刑警手中……

能提供必要安全保障的国际银行，亚历克斯一家也不认识人。他知道现在到了他的保护人开价码的时候，保护人会保证他能干干净净地消失，有本靠谱的护照，到一个安静而隐秘的地方去——但价码是他全部抢劫所得的大头！

亚历克斯心中生起一种再也无法平复的怨恨，他恨所有那些穿着高档服装悠然自得、举止优雅的人，他们深谙与女人的谈话之道——而他就是个庄稼人，就是个乡巴佬，别人能轻易地利用他。

他在巴黎郊区的一间独立小屋里落脚，这是在利夫里-加尔冈，属于塞纳圣德尼省① 的一个住宅区。外籍兵将他安置在这里后，告诫他不要随便走动；就像他刚到农舍时那样，亚历克斯也发现了一个装满东西的冰柜、一张床，还有一台电视机。

他只用了屋子的一个房间，尽最大可能打理到让自己舒适。邻近的小屋有一部分是没人住的——待租，其他的则住着

---

① 紧靠巴黎北部的一个省。

些生活井井有条的银行职员,他们早上起得很早,直到夜色初降时才会回来。此外,从八月初开始,在夏季这段度假期内,郊区也变得人烟稀少。亚历克斯感到挺安逸,环绕着他的这种空寂使他平静了一些。外籍兵坚持让他幽居在屋里。他本人则要出国几个星期。亚历克斯要等他的保护人回国才能重新见到他。于是亚历克斯就平静地等待着九月的到来。看电视,做那些冻菜,午休,玩单人纸牌游戏,这些就是他仅有的消遣……

三

里夏尔·拉法格正在会见一家日本制药公司的代表，这家公司研制出了一种新型硅胶，硅胶是外科整形手术中植入义乳的常用材料。他聚精会神地听着这个小代表吹嘘他的产品，按他的说法，他们的产品将更易于注射，也更易于操作……拉法格的办公室里堆满了外科手术的资料，墙上则"装饰着"一些整形成功的图片……日本人越说越兴奋。

有人打电话找里夏尔。他的脸一下子阴沉下来，嗓音变得低沉而颤抖。他谢过打来电话的人，然后向他不得不送别的医药代表表示了歉意。他们约好换个时间再见，就在第二天白天。

拉法格脱掉工作服，跑到自己的车边。罗歇正在等他，但是他将罗歇打发回家，宁愿自己开车。

他动作麻利地向外环开去，驶上高速公路通往诺曼底的路段。他向前疾奔，当他右手边车列中有辆车没有紧跟上来时，他想变道超车，于是拼命地按喇叭。只用了不到三个小时，他便来到了维韦安娜所在的精神病院。

刚一到城堡，他便跳下奔驰，登上通往前台的台阶。前台小姐去找负责治疗维韦安娜的医生。

在医生的陪同下，里夏尔乘上电梯，来到房门前。医生做了个手势，向他指了指有机玻璃探视孔。

维韦安娜正在发病。她已经扯碎了她的病服，正一边叫嚷一边跺脚，用力地抓着自己的身体，身上已被抓出不少血痕。

"是从什么时候开始的？"里夏尔低声问道。

"今天早上……我们给她注射了镇静剂，应该很快会起效果的。"

"不……不该放任她这样不管。用双倍的量吧，可怜的孩子……"

他的双手痉挛般地颤抖着。他靠着房门，前额顶在门上，咬着上唇。

"维韦安娜，我的小家伙……维韦安娜……打开门，我要进去。"

"我建议最好不要这样，看到人她会更受刺激。"医生大胆地反驳道。

维韦安娜筋疲力尽地喘着气,她蹲在房间的一角,费力地用她那长得还很短的指甲抠抓着自己的脸,脸上渗出了血。里夏尔走进房间,坐在床上,几乎是低声耳语般地叫着维韦安娜。她开始号叫起来,但是身体不再动弹了。她气喘吁吁,疯狂的双眼向各个方向转动着,她鼓起嘴,从牙缝间吹起口哨。慢慢的,她平静了下来,也恢复了意识。她的气息变得规律多了,不再那么僵硬。拉法格终于能将她搂在怀里,扶她躺下。他坐在她的身边,伸手轻抚她的前额,亲吻她的脸颊。医生一直只是站在房门入口处,两手插在白大褂口袋里。这时他向里夏尔走了过来,抓住了他的胳膊。

"走吧……"他说,"得让她一个人待着。"

他们下到一楼,然后并肩在花园里走了一会儿。

"太可怕了……"拉法格结结巴巴地说。

"是啊……您不应该来得这么勤,这样解决不了任何问题,您还得遭罪。"

"不!必须……我必须来!"

医生摇了摇头,他不明白里夏尔为何如此固执地要看这悲惨的一幕。

"是的……"拉法格固执地坚持道,"我还要来的!每次都要来！您都会通知我的，对吧？"

他的嗓音尽显憔悴，他哭了。他握了握医生的手，然后朝自己的车走去。

*

里夏尔一路更为飞快地疾驰，回到了勒韦西内的别墅。维韦安娜的模样始终挥之不去。那是一种身体被摧残被玷污后的模样，现实里的一场噩梦在记忆中反复折磨着她……维韦安娜！一切都始于那声长长的号叫，它穿透了乐队正在演奏的乐曲，随后维韦安娜出现了，她衣不蔽体，大腿上正滴着血，神色惊慌……

里娜休假不在。二楼的钢琴声传进了他的耳朵。他大笑着，贴到内线电话上用尽全力大声吼了起来。

"晚上好！你快准备准备，给我解解闷！"他喊道。

嵌在套间小客厅墙板里的扬声器猛烈地震动着。他将声音调到了最大。一阵让人难以承受的喧嚣。夏娃惊讶得抽泣起来。拉法格各种带点变态的举止中，她唯一无法适应的就是这让人憎恶的声音了。

他看见她趴倒在钢琴上，手紧紧地捂着疼痛不已的双耳。他站在门框那儿，嘴上带着灿烂的微笑，一满杯威士忌端在手中。

她惊恐地转身看他。她明白他每次突然爆发出这样的举动都意味着什么——这一年来，维韦安娜有过三次躁狂加自残行为。被深深伤害到的里夏尔对此无力承受。他需要填平痛苦。夏娃就是为了完成这一使命而存在的。

"来，快点，骚货！"

他向她递去装满威士忌的酒杯，接着，在她迟疑接还是不接的时候，他一把揪住少妇的头发，将她的头向后拧去。她被迫将杯中的酒一口气喝光。他抓起她的手腕，将她拉下一楼，又将她一把扔进车里。

当他们走进莫鲁瓦戈多大街的那套公寓时，已经是晚上八点。他冲着她的腰一脚将她踹到床上。

"脱，快点！"

夏娃脱光了。他打开衣橱取出衣服，将衣服胡乱地扔在地毯上。她面对他站着，轻声啜泣。他递给她皮裙、短上衣和靴子。她将衣服穿上。他给她指了指电话。

"打电话给瓦尔内洛瓦！"

夏娃往后退了一步，恶心地打了个嗝，然而里夏尔的目光可怕而又疯狂，她不得不抓起电话开始拨号。

稍稍等了一会儿，瓦尔内洛瓦便接电话了。他很快听出了夏娃的声音。里夏尔就站在她的身后，随时准备抽她。

"亲爱的夏娃，"他带着鼻音说起了情人间的私语，"我们上次见面后您恢复过来了？您需要钱吗？您能打电话给我老瓦，实在是太好了！"

夏娃和他约好了时间。他欣喜地保证会在半小时内到达。瓦尔内洛瓦是夏娃某天夜里勾上的一个疯子，那是在嘉布辛大道上，在里夏尔还强迫她站街揽客的时候。后来，客人的数量已经足以让拉法格每半个月安排一场集中式会面；打电话到公寓来的有各种类型的人，里夏尔于是可以尽情满足自己羞辱少妇的需求。

"要尽力满足他……"他冷笑道。

他将房门呼的一声关上便消失了。她知道他现在正在双向镜的那一侧窥视。

瓦尔内洛瓦折腾她的那一套，使他自己也无法过于频繁地来看她。于是夏娃只在维韦安娜发病后才打电话给他。瓦尔内洛瓦完全能够接受少妇的这种矜持，她好几次回绝了他猴急的电话后，他只得留下一个电话号码，让夏娃在愿意迎合他那些怪癖时再找他。

瓦尔内洛瓦得意地来了。这是个一头玫瑰色红发的小个子男人，大腹便便，装扮考究，神色和蔼。他取下帽子，小心地挂好外套，在夏娃的面颊两边亲了亲，然后便将装了根皮鞭的包打开。

里夏尔满意地看着这场戏，他双手缩起抓着摇椅的扶手，面部肌肉轻轻抽搐。

在瓦尔内洛瓦的指挥下，夏娃跳起了一支滑稽可笑的舞蹈。鞭子抽了起来。里夏尔拍起了扶手。鞭子的挥舞令他发笑，但是突然，他感到了恶心，他再也无法承受这一幕。夏娃，这个属于他的女人，他塑造了她的命运，设计了她的生活，她的痛苦让他突然深感恶心和怜悯。瓦尔内洛瓦那冷笑着的脸庞强烈地刺激着他，他跳起身，闯进了公寓的另一边。

瓦尔内洛瓦对他的出现目瞪口呆，嘴巴久久无法合起，胳膊悬在半空。拉法格夺过鞭子，一把抓住他的衣领，将他推到了走道里。这个虐待狂瞪大了眼睛，不明所以，接着，惊讶到完全无语的他从楼梯上飞奔而下，溜之大吉。

里夏尔和夏娃独自待在一起。她跪倒在地。里夏尔扶她起身，然后帮她洗了洗脸。她穿上来时的厚绒套头衫和牛仔裤，当他在内线电话里狂吼着把她吓哭时，她就是这身打扮。

他一言不发地将她送回到别墅，为她脱好衣服，扶她在床上躺下来。他以非常温柔而体贴的动作,给她的伤口敷上药膏,又为她烧了壶滚烫的茶水。

他扶起她让她靠着自己坐起来,将茶杯放到她唇边,她一小口一小口喝着。随后他把被子重新在她胸前盖好,轻轻地抚摸着她的头发。茶水里溶入了一片安眠药——她很快就睡着了。

他走出房间来到花园里,朝水塘走去。两只天鹅贴在一起睡着,娇美的母天鹅将长颈折在翅膀下,悠然地蜷着身子,倚在雄壮的公天鹅身上。

他欣赏它们的宁静,羡慕这种给人带来慰藉的安详。他流出了热泪。他将夏娃从瓦尔内洛瓦的手里救了出来,他现在明白,这种怜悯(他称其为怜悯)刚才已完全粉碎了他的仇恨,那没有边际、无法抑制的仇恨。仇恨本是他活着的唯一理由。

*

狼蛛常常和你下国际象棋。他会在思考良久后下出一步你根本想不到的冒险招法。有时,他会临时发动进攻,却不顾及防卫,招法冲动不过并不易崩溃。

有一天,他解开了你的锁链,拿掉你简陋的床,换上了一张长沙发。你晚上在沙发上睡觉,白天也躺在丝滑的坐垫间,懒洋洋地度过一天。地下室那沉重的门还是被用挂锁牢固地锁着……

狼蛛带给你一些甜点和金黄色烟草的香烟,他询问你在音乐上的偏好。你们的对话带上了一种半开玩笑的口吻。就像是名流在社交场合的喋喋絮语。他带来一部录像放映机和一些电影录像带,你们一起看。他为你烧茶送水,当他觉得你沮丧时,还会开瓶香槟。杯中的酒还没喝完,他又会给你斟满。

你不再一丝不挂——狼蛛给了你一条绣花披巾,这是一件包装在华丽套盒里的精美织品。你用你那纤细的手指拆开了包装,看到了这条披巾,这份礼物带给你莫大的愉快。

这条披巾罩得你很暖和,你披着它蜷成一团坐在坐垫上,抽着美国烟或者嚼着蜜糖棒,等待狼蛛每天的探访,他从不会空手而来。

他似乎对你慷慨到没有止境的地步。一天,地下室的门打开了,他艰难地向前推着一个小轮车,车上摆着个庞大的包裹。他微笑地看着丝纸、玫瑰色的绸带,以及一捧鲜花……

看着你惊讶的模样,他向你提醒今天是什么日子——七月二十二日。是的,你被关在这里有十个月了。你已经二十一岁了……你欣喜地绕着这个巨大的包裹转着圈,你一边拍手一边笑着。狼蛛帮你解开绸带。你立即辨出了一架钢琴的形状——

一架斯坦威！

你活动了一下犹疑的手指后，便坐在琴凳上弹了起来。弹得并非多么出色，但你流下了喜悦的泪水……

而你，你，樊尚·莫罗，这个魔鬼的宠物，你，狼蛛的宠物狗，他的猴子或者虎皮鹦鹉，你被他极力折磨，你，是的，你，你亲吻着他的手，放声大笑。

他第二次抽了你一耳光。

*

亚历克斯在藏身的地方郁郁不乐。睡得过多使他双眼浮肿，他的白天全是在电视机前度过的。他宁愿不再去想自己的未来，只做他能做的事。与他在农舍里那段日子不同，他收拾起房间，洗碗，认真到近乎病态。所有一切都干净到无可指摘的程度。他会花上几个小时来擦地板、擦锅。

他的腿也基本上不再让他遭罪了。伤口结疤后会产生令人难熬的痒意，但伤口不再疼了。绷带也被简单的纱布所取代。

在这里落脚十几天后的一个晚上，亚历克斯想出了一个天才的主意，或者说，至少他本人对此深信不疑。当时他在看电视里的一场足球比赛。他向来不对运动有太多的兴趣，除非是空手道。他平常看的那点刊物都是搏击类的专业杂志。不过，他还是继续看着电视里那些球员小心翼翼地带着球满场奔跑……看这样的比赛只能让人徒生睡意，他慢慢地喝着一瓶剩下来的酒。比赛结束后，他并没有起身关掉电视机。他接着看起了一个关于整形外科手术的医学节目。

主持人播报了一条关于脸外科面部去皱手术的报道。接下来是对巴黎一家专业机构负责人拉法格教授的访谈。亚历克斯听得入了迷。

"第二个阶段，"拉法格借助一张草图解释道，"是我们所谓的'骨膜剥离'期。这是一个重要的阶段。就像你们在这里所看到的，它的目标是让骨膜黏合在真皮的深层，以便皮下组织在皮肤内长全……"

电视屏幕上掠过一串变形、改造、塑形、变美的脸部照片。病人的脸最后都焕然一新。亚历克斯聚精会神地听着解释，但他很恼火听不懂其中某些词的意思……字幕出现的时候，亚历克斯记下了医生的名字——拉法格——以及他工作机构的名称。

他身份证上的照片，他那位外籍兵朋友兴致盎然的款待，他一点一点却很稳妥地藏在屋子阁楼上的那些钱，所有一切都叠加到了一起！

电视里的那个家伙称整鼻子只是个小手术，在脸部某些位置去脂也很简单……皱纹？手术刀可以像橡皮一样将它擦去！

亚历克斯径直跑进浴室，对着镜子看自己。他触碰着自己的脸，这个大鼻头，这过于饱满的脸颊，还有双下巴……

一切都变得简单了！医生说两个星期——两个星期内，就可以换张脸！——一张脸消失，另一张脸出现。不，并非一切都那么简单——必须说服这个医生给他做手术，而他亚历克斯，是个被警察追捕的逃犯……要找到足够大的压力来强迫他闭嘴，使手术顺利进行，然后不能让他通知警方，自己能安全离开。要找到一种胁迫手段……拉法格应该有妻小的吧？

亚历克斯反复看着那张记下里夏尔名字和他所在医疗机构信息的纸片……他越思考下去，就越觉得这主意棒极了——要是他能换张脸，他对外籍兵的依赖程度就会大大降低。警方找的就是个幽灵了，一个不存在的亚历克斯·巴尼，出国这件事也就变得好商量得多了！

亚历克斯一夜无眠。第二天，晨曦初现他便起了床，迅速洗漱好后剪了剪头发，细心地熨了熨他从农舍带过来的西装和衬衫。雪铁龙 CX 就停在车库里……

*

狼蛛倒也挺可爱的。他探访的时间越来越久。他会带些报纸给你，还常常和你一起吃饭。正值八月，地下室里热得令人窒息，他安放了一个冰箱，每天都会摆进去些果汁。除了披肩，你还多了件轻薄的睡袍和一双凉拖鞋。

到了秋天，狼蛛开始给你打针。他下楼来看你，手里拿着注射器。你听从他的指令，趴在沙发上，露出屁股。针一下就深深扎进了腰下的脂肪。你看到针筒里那半透明的带着点玫瑰色的液体，接着，液体进入你的身体。

狼蛛小心翼翼地防止将你弄伤，但注射完毕后，这液体让你感到很不舒服。随后，它渐渐溶进了你的肌肉，疼痛感也慢慢消失。

你没有问狼蛛为什么要做这样的治疗。你的时间全用来绘画和弹钢琴了，丰富的艺术活动令你极为充实。管它打的是什么针，狼蛛是这么的和蔼。

你在音乐上进步神速。狼蛛常会热情地花上几个小时，在各家专业店里寻找乐谱。地下室里堆满了艺术类教程和相关书籍，用来做你的课本。

有一天，你向他承认，你给他取了个一直让你忐忑不安的绰号。你是在和他一起吃完饭后说的。喝完香槟酒，你的头正晕乎乎的。你窘得涨红了脸，结结巴巴地向他承认了错误——你说"是我的错"——他笑了起来，神情宽容。

针一直有规律地打着。但这不过是你慵懒生活里的一点小烦恼罢了。

为庆祝你的二十二岁生日，他在地下室里安放了一些家具——探照灯不见了，取而代之的是几盏光线柔和的罩灯；沙发外又新添了几把椅子、一张矮桌和几个护腰垫；一层厚厚的地毯铺盖在地面上。

在地下室的一角，狼蛛早就安置了一个折叠式淋浴间。现在，一个野营厕所也搭建好了，马桶还配了碎纸机。狼蛛甚至还想到挂上道帘子，以尊重你的隐私。你试穿了浴袍，你还对毛巾的颜色表示了不满。狼蛛接着便进行了更换。

困在地下室这封闭的环境里，你幻想着广袤的空间，幻想着风。你在墙上画了些以假乱真的窗户。窗户的右侧现出了一道山峦起伏的景象，阳光洒满群峰，山上是一片片白茫茫的常年积雪。屋内的一盏探灯正照着峰顶，给这个通往外部世界的人造窗口罩上了一层令人炫目的光圈。在窗户的左侧，你给混凝土墙面涂上了一层蓝色，仿佛是四溅的浪花。当中的背景是一团如火的橘红晚霞，画得非常成功，你倍感自豪。

除打针外，狼蛛还让你吃各种各样的药物，色彩斑斓的胶囊、毫无味道的片剂、饮服的药水。包装盒上的标签都已被事先撕掉了……狼蛛问你担不担心，你耸了耸肩回答说你相信他。狼蛛抚摸了一下你的面颊。你于是抓过他的手吻了一下他的手掌心。他愣住了，在那片刻间你以为他又要打你了，但是他的面容却柔和起来，他把手交给你。你转过身去，不想让他看到挂在你眼角的喜悦泪水……

你这样不见天日地生活，脸色变得苍白。狼蛛于是在你住的地方安放了一把连上了日光浴灯管的长椅，你于是晒起了日光浴。你很开心地看到，你的整个身体都拥有了如此美丽的古铜色，你向你的朋友展示这种令人惊叹的变化，他在也透出几分满意的同时，露出了欣喜的神情。

一天天，一周周，一月月，日子就这么过去了，尽管表面上很单调，但是多样而丰富的娱乐使日子也变得很充实——弹钢琴和绘画给你带来的乐趣使你充满了喜悦。

但性欲却在你的身体内渐渐熄灭。你就这个问题很窘迫地问过狼蛛。他向你承认，你的食物里被加入了一些会产生这种效果的物质。狼蛛说，这是为了不让你感到痛苦，因为你除了他什么人也见不到。是的……你非常理解。他向你承诺，不久之后，等你下次出去的时候，先吃点消除这种疗效的食物，你就会重新产生欲望。

夜里，你一个人在地下室里时会偶尔抚摸你那松软无力的性器官，不过，当你想到"下次出去"，怨气便一扫而光。狼蛛对此已经有了承诺，所以你没有必要自寻烦恼……

四

亚历克斯一路谨慎地开到巴黎，他尽力避免驾驶中出现任何违章行为。他也认真考虑过乘公车或地铁出行，但这不是个好主意——拉法格肯定是开车的，这样他就无法跟踪了。

亚历克斯正对着医院入口将车停下。现在时候还太早了。亚历克斯当然知道医生不会迎着曙光一大早就来上班，但他必须事先熟悉一下环境，感受一下现场……紧靠铁门的一面墙上，一块大公示牌标明了医院各科室的名称以及相关医生的姓名。拉法格的名字也在其中。

亚历克斯在街上散步，手插进西装口袋里，紧紧握着警察的那把柯尔特自动手枪的枪托。随后他到一家咖啡馆的露天座上坐下，在这里能很容易地窥伺医院员工通道的入口。

终于，到了十点钟左右，距亚历克斯正在等候的咖啡馆露天座几米开外，一辆车停在了红灯前——这是一辆由专职司机驾驶的奔驰。亚历克斯立即认出了拉法格，他正坐在后排看着报纸。

奔驰耐心地等着红灯变绿，随后开进了通向医院停车场的小路。亚历克斯看到拉法格下了车。司机在车里逗留了片刻，接着，因为天气很热，他也来到咖啡馆的露天座上坐下。

罗歇点了份半杯的饮料。今天，他的老板要做个重要的手术，然后立即离开医院去布洛涅的临床诊所开会。

拉法格的汽车牌照以七八开头，这是巴黎大区伊夫林省的车牌号。亚历克斯能背得出每个省的牌照代码，而且，当他在农舍里离群索居时，他就以回想这些号码作为消遣，他会从〇一开始按照顺序把牌照代码全部复述出来，还会经常自己考自己，报纸上有报道说一位八十岁的老汉又续了弦——八十？八〇，这是索姆省的车……

司机似乎并不着急。他双手伏在露天座位的桌子上玩着填字游戏，注意力全放在那些横行竖列上。亚历克斯结了账，然后走进紧靠医院的一家邮局。在这里他再也看不到铁门，他想，要是接下来的这一刻钟内大夫突然跑了可就糟了！

他翻开一本按字母排序的电话黄页查看起来。拉法格（Lafargue）是个较常用的姓氏，有整页整页的人名……有些拉法格后面是加 s 的，有些不加，有些是两个 f，有些是一个……但只有一个f同时又没有s的拉法格可就没那么多了。做医生的拉法格就更稀少了。在车牌以七八开头的省里只有三个——其中一个住在圣日耳曼，另一个在布莱西尔，第三个在勒韦西内。要找的拉法格就是他们三者之一。亚历克斯将三个人的地址全记了下来。

回到咖啡馆，他看到司机还在原处。到了正午时分，服务生开始给各张桌子摆放餐具等着上午饭。显然他和司机很熟，因为他问他今天是否需要用餐。

罗歇给了否定的回答。今天老板着急赶到布洛涅去，马上他就要从手术室出来，然后就得出发。

的确，外科医生很快就出现了。他登上奔驰，司机坐到驾驶座上。亚历克斯跟着他们的车子开着。他们离开巴黎市中心来到布洛涅。跟踪并没有那么复杂，亚历克斯对目的地大致上是有数的。

罗歇在一家诊所前停好车，重新玩起了填字游戏。亚历克斯在一张纸头上记下街名。他信不过自己的记性。等待是漫长的。亚历克斯在附近的十字路口踱了很久很久，尽量使自己不引人注意。随后，他坐在一个街心广场上继续等待，视线从未离开过奔驰半刻。他让雪铁龙车门敞开，以便在医生骤然出现时，他能抓紧时间发动汽车。

预排下几次手术的会议开了一个小时出头。里夏尔几乎没有开口发过言。他面色苍白，面颊消瘦。自从瓦尔内洛瓦那档事以来，他就像个木头人似的活着。

亚历克斯走进一家烟店买香烟，此时罗歇已看到拉法格走进诊所大厅，便打开了奔驰的后车门。他赶紧回到雪铁龙 CX 里发动汽车，然后保持恰到好处的距离。看见方向明显是朝着勒韦西内而去时，他便放弃跟踪。既然地址都已经写好揣在兜里，就没有必要去冒被人发现的风险了……

他等了一段时间才来到勒韦西内。拉法格的别墅很气派，一堵围墙将房子正面完全遮住。亚历克斯观察着四周的房屋。街上空荡荡的。他不能再耽搁下去了。他发现附近别墅的百叶窗都是紧闭的。八月的勒韦西内人去房空……现在是下午四点，亚历克斯犹豫了。他想当晚再来勘察外科医生的住所，可当中这段时间他不知道做什么才好。因为没有更好的想法，他便决定去附近的圣日耳曼森林逛一逛。

晚上九点钟左右他回到了勒韦西内，他挑了个离拉法格住的那条街距离正合适的地方，停下雪铁龙 CX。夜色初降，但夜景还是清晰可辨。他爬上附近一座别墅的围墙，以便观察环绕着拉法格别墅的花园。他跨墙而坐，身体的一半隐在一棵栗树浓密的枝叶中，树的枝干朝四面茂盛地生长。在远处别人不会看得到他，而如果有路人突然在街头出现，他也能将身体全部躲进枝丫当中。

他看到了花园、池塘、树木和游泳池。拉法格在室外吃晚饭，有一个女人相伴。亚历克斯笑了。事情一开头就挺好的啊。也许他还有几个孩子？不……要是有的话他们会和父母一起吃饭的！或者他们在度假。要么是年纪太小，已经上床睡觉了？拉法格有五十来岁，他的孩子，如果他有孩子的话，至少应该已到青春期……才晚上十点，又是在夏夜，他们是不该在床上的！此外，无论是一楼还是二楼都没有任何灯光。在这对男女围坐的桌边，只有花园的一盏路灯照射出相当微弱的光亮。

亚历克斯满意地离开他那高高的栖身处，跳到了人行道上。他不禁龇牙咧嘴起来——他那依然脆弱的大腿承受不了这一跳的反冲力。他回到雪铁龙 CX 车内，等着天色完全变暗。他神经质地抽起烟来，用前根烟头点燃下一根连续猛抽。到晚上十点半，他又回到了别墅边。街上空旷如旧。远处，一辆车的喇叭声在回响。

他沿着拉法格别墅的围墙走着。走到头的时候,他发现人行道上有一只大木箱,里面装着些铲子和耙子,都是市政工程人员的用具。他站到箱子上,顺着墙往上爬,在做了个引体向上的动作后,他爬到了墙头,然后选好落地点便跳进花园。他蹲在一片树丛中等待着——如果有狗的话,肯定马上就会露脸的,但并没传来一声吠叫……他一边贴着墙前进,一边留意察看着四周的灌木丛。他要在花园里找一个合适的支撑点,以便出去时可以反方向爬上墙……在水塘边有一个混凝土浇筑的假山洞,供天鹅夜间藏身。这个支撑面贴墙而建的假山洞有一米多高。亚历克斯笑了,他先试了一试。跳回到外面的街上真是如同儿戏般简单。他安心了,于是往花园的前方走去,游泳池已被抛在身后。拉法格已经回到屋里,别墅周围全无动静。二楼紧闭的百叶窗内透出了灯光。

窗内传出来一曲轻音乐。一首钢琴曲……这不是在放唱片——乐曲声中断了,然后又从头响起。房子另一侧的窗户一片通明。在屋子外墙覆盖的一层常春藤的遮掩下,亚历克斯贴着墙悄悄地溜了过去,拉法格正将胳膊搭在二楼的一处栏杆上,仰望着星空。亚历克斯屏住呼吸。好几分钟的时间就这么流逝而去,最后,医生关上窗户。

亚历克斯犹豫了很久,到底需不需要冒险进屋?需要——他还是应该察看一下环境,至少大致看一看,这样在绑架外科医生妻子的时候,他就能事先知道该怎么下手。

房子很大,二楼所有的窗户都透出了光。拉法格应该是和妻子分房睡的。亚历克斯对这种事还是很清楚的——这帮中产人士,夫妻可并不总是同床共枕!

他攥着枪爬上了台阶,转开大门上的转锁——毫无阻力。他轻轻地推开了门。

他向前迈了一步。左边有间大房,右边则另有一间,两间房被一道楼梯分开……女人的卧房是在楼上右边。

作为中产女性,她早上不会太早起床。她应该每天都睡懒觉的,这个娘儿们!亚历克斯要监视到拉法格出门后再冲进去,将梦乡中的她突袭得手。

他悄无声息地关上了大门。他静悄悄地跑到水塘边,爬上假山,从墙上翻了过去。一切都很完美。他大步地朝自己的汽车走去。不对!并非一切都那么完美——罗歇,那个司机……这家伙贴身侍候拉法格,可要是有个女佣呢?一个白天上门做家务的家政人员,要是撞上她那可真是大祸临头了!

亚历克斯向外环开去,一路上依然严格遵循交通法规。当他回到利夫里-加尔冈的屋子时,已经是子夜时分。

*

第二天一大早,他便回到勒韦西内。他极度不安地窥伺着拉法格的房子,确信会看到一位家佣出现。绑架拉法格妻子时现场必须没有旁人——这样外科医生就会俯首听命于他的要挟,要么你给我重造个脸,要么我就杀了你妻子;但要是有人看到劫持的过程,随便是个什么家佣或者园丁的,无论是谁,他都会毫不迟疑地报警,亚历克斯精妙的计划就要泡汤了!

亚历克斯运气不错。拉法格确实还雇用了一位女佣——但里娜两天前就已经休假。医生给了她每年五周的假期,她三周用在夏天,到莫尔旺市住到她妹妹家,剩余的两周则用在冬天。

整个上午,拉法格家没有出现一个人。亚历克斯心定了一半,他驾车往巴黎开去。他要确认一下外科医生的日程安排。也许他不是每天都工作呢?要是他除了周末一星期内还有一天休息,那还是赶紧弄清楚为好!亚历克斯打算随便找个借口,从他科室里的秘书那儿打听出来。

就像往常每天那样,在正对着医院的那家咖啡店露天座上,司机在等着他的老板。亚历克斯很渴,便到吧台上要了份半杯的饮料,正准备喝时,他看到罗歇迅速站起身来。拉法格正在停车场里叫着他的司机。他们迅速交谈了几句，然后罗歇将奔驰的车钥匙交给了外科医生，便低声埋怨着走向附近的地铁站。亚历克斯此时已经坐进了雪铁龙CX。

拉法格像个疯子似的驾车疾驰。他没有走布洛涅的方向。疯狂开车紧跟在后的亚历克斯，看到他正向外环和高速公路歪歪扭扭地开去。

一想到要长距离地尾随下去，他便略感不快。他一边紧盯着奔驰的后车灯，一边思索起来……他暗想道，拉法格有小孩，是的，他们在度假，他刚收到了坏消息，一个孩子生病了，于是他去看孩子？那为什么他提前下班时要把用人打发走呢？这个浑蛋可能有个情妇吧？是的，应该是这样……可情妇他要大白天这样去见？这葫芦里究竟卖的是什么药？

拉法格在车流中穿插抢行，一路向前猛开。亚历克斯紧跟在后面，他想到在收费站可能会有警察例行检查，不禁惊恐得大汗淋漓……奔驰驶离高速公路。现在呈现在面前的是一条蜿蜒的省道——但这并没有使他减慢车速……亚历克斯担心引起对方的注意，差点就要放弃，但拉法格根本没有朝后视镜看过一眼。维韦安娜又犯病了——精神病医生遵守承诺给他打了电话。里夏尔知道这次探访意味着什么——他要在一周不到的时间内第二次看女儿……等他当晚回勒韦西内后，他不会再让夏娃给瓦尔内洛瓦打电话……上次的事发生后,这再无可能了!那么,他要如何才能得到安慰呢?

奔驰在一座城堡的入口处停了下来。一块不起眼的门牌表明这是一家精神病治疗机构。亚历克斯挠着头,困惑不已。

里夏尔也不等精神病医生,便径直来到维韦安娜的房间。等着他的还是同样的那一幕——他女儿正处于一种失控的躁狂状态,她跺着脚,企图自残。他没有走进房间。他将脸贴在探视孔上轻声呜咽。精神病医生在得到他来的消息后,赶来与他见面。他扶着拉法格下到一楼。他们走进一间办公室里私谈。

"我再也不会来了,"拉法格说,"太难受了。太让人受不了了,您明白吗?"

"我明白……"

"她什么也不需要?比方说内衣……我不知道……"

"您希望她需要什么呢?振作起来,拉法格先生!您的女儿永远就这样了!别觉得我不近人情,但您必须对此顺其自然地接受。她要这样孤独地生活很久,而且会时断时续地发病,就像我们刚刚看到的那样……我们可以给她服用镇静剂,用安定使她昏睡过去,但是,在本质上,我们没法做任何有效的事,您也知道,精神病医生不是外科医生。我们不能改变表象。我们没有像你们那样精细的所谓'治疗'工具……"

里夏尔安静下来。他慢慢地平复了情绪，神情重归淡然。

"是的……也许您是对的。"

"我……我想让您答应我，允许我今后不再通知您，要是维韦安娜……"

"好吧，"里夏尔打断了他的话，"别再打电话了……"

他起身辞别医生后，便又登入汽车。亚历克斯看着他离开城堡。他没有发动自己的车子。有百分之九十九的可能性，拉法格会回勒韦西内、布洛涅或者是医院。

*

亚历克斯到附近的村子里吃中饭。广场上满是正在搭建的集市摊位。他思索起来，谁会在这个老鼠洞里，跟一帮疯子生活在一起？要是个小孩的话，拉法格应该很爱他，不然怎么会突然将工作扔到一边，这么跑着来看他？

亚历克斯突然鼓起勇气，将剩下来的半盘油腻腻的薯条推到一边，结清了账。他买了一大束鲜花和一盒糖果，来到疯人院。

前台小姐在大厅里接待了他。

"探视病人吗？"她问道。

"呃……是的！"

"病人的名字?"

"拉法格。"

"拉法格?"

看到前台小姐惊讶的表情,亚历克斯知道自己干了蠢事。他已经开始设想,可能有个看护精神病人的女护士是拉法格的情妇……

"可是……您从来没看望过维韦安娜吧?"

"确实没有,这是第一次……我是她的表哥。"

前台小姐惊讶地打量着他。她犹豫了片刻。

"今天不能去看她。她身体状况不好。拉法格先生没有告诉您吗?"

"没有,我应该,不,其实我是很早前就告诉他我要来的……"

"我不明白,这真是怪事了,维韦安娜的父亲不到一小时前还在这儿呢……"

"他没法事先和我打招呼。我今天早上就出门了。"

前台小姐摇了摇头,又耸了耸肩。她接过鲜花和糖果,放在自己的办公桌上。

"我会把这些东西晚一点再交给她,今天就没必要了。来吧。"

他们走进电梯。亚历克斯胳膊发抖,跟在她的身后。来到房门前,她向他指了指探视孔。看到维韦安娜的模样,亚历克斯差点跳了起来。她躺坐在房间一角,用凶恶的眼神紧紧盯着房门。

"我不能让您进去……您明白吗?"

亚历克斯当然明白。他手掌里渗出了汗水,泛起一阵恶心。他又仔细看了看疯女人,觉得似乎在哪儿见过她。不过这也许只是个幻觉。

他赶紧离开疯人院。就算拉法格钟爱着这个白痴,他也绝对不会绑架她的!那还不如马上就主动落到警察手里。再说要怎么绑架她?攻占城堡?又怎么打开房门呢?不……用来当人质的还应当是拉法格的妻子。

他一路小心驾驶,回到巴黎大区。再回到利夫里-加尔冈他的藏身所在时,天色已经很晚了。

*

接下来这天的早上,他又守候在拉法格别墅旁。他很紧张,焦虑不安,却并不真感到害怕。整整一夜,他都在反复思考计划,想象着他变脸后的种种结果。

罗歇在八点钟的时候到了,他是独自一人步行而来,胳膊下夹着一份《队报》。亚历克斯的车停在铁门外五十米处。他知道还要再等一等，拉法格通常十点钟才到医院。

九点半左右，奔驰停在了铁门前。罗歇下车推开门，将车开出去后又再次停下车，将门合掩并用力关紧。看着拉法格远去，亚历克斯深深吐了口气。

趁那个婆娘熟睡时突袭得手，这是最理想的情况了。必须毫不迟疑赶紧动手。之前几天，亚历克斯没见过任何一个家佣，但永远不能掉以轻心……他将车发动，正对着拉法格家停下。他拉动了铁门的拉手，然后以最为自然的神态，向花园前方走去。

他向屋子走去，手插在口袋里，紧攥着自动手枪的枪托。右侧套间的百叶窗是关着的，亚历克斯惊讶地发现了一个之前从未留意过的细节——这些窗户仿佛是被封上了一样，是从外面开关的。然而，那天他正是在这里看到了灯光，钢琴曲也是从这里传出来的。

他耸了耸肩膀，然后继续勘查。他绕着整个别墅转了个圈，现在正面对着台阶。他深深吸了口气，打开大门。一楼就像那天晚上他看到的那样，一个大客厅、一间书房加工作室，中间则是通向二楼的楼梯。他屏住呼吸拾级而上，手中紧握着自动手枪。

在门的另一侧传出哼歌的声音,而这扇门竟然是用三道门闩从外面锁起来的!亚历克斯简直不敢相信,他想,这个外科医生将自己的妻子给关了起来,真是病得不轻……啊,不对,也许这是个贱货,他有理由防范于未然……他小心翼翼地试了试第一道门闩。那女人还一直在哼着歌。第二道门闩……第三道。万一还要用钥匙才能最后打开锁呢?他的心怦怦乱跳着转开了锁舌。门慢慢地打开了,铰链没有发出任何吱嘎的声响。

这个婆娘正面对梳妆台坐着化妆。亚历克斯贴紧墙根,不让自己的身影出现在镜子里。她背对着他,全身赤裸,正全神贯注地化妆。她很漂亮,小蛮腰,压在琴凳上的屁股肉感十足。亚历克斯俯身将手枪放在地毯上,然后向前一步,猛跳扑在她身上,顺带一拳击中她正垂着的脖子。

他以专家的手法掂量好了力道。在莫城夜店里做保安时,他常常会遇到有人闹事。他能迅速让肇事者安静下来。冲着脑袋结结实实地来一下,剩下来的,就只要将这穷开心的倒霉蛋拖到人行道上就完事了。

她人事不知地倒在地毯上。亚历克斯浑身颤抖。他触了触她的脉搏,动了抚摸她的念头,但这确实不是时候。他走下楼梯。他在吧台上抓起一瓶威士忌,对着瓶嘴长长地灌了自己一口。

他走出别墅，将铁门打开，控制住自己想飞奔而逃的念头，坐进雪铁龙CX把车发动起来。他将车停进花园，正对着别墅的台阶。他一溜烟地跑进房间。那个女人没动弹过。他取了根从雪铁龙CX后备箱里拿来的绳子，仔细地将她捆好，接着又用块胶布封住她的嘴，最后将她整个裹进床罩。

他抱着她走到一楼，将她关进汽车后备箱。他再次拿起酒瓶将酒喝光，把空酒瓶扔到了地上。然后他坐到驾驶座里发动汽车。大街上有对老人正在遛狗，但他们压根没有注意到他。

他开上通往巴黎的公路，由西横穿至东，回到了利夫里-加尔冈。一路上他都盯着后视镜，没有任何人跟在他后面。

到家后他打开后备箱，将一直裹在床罩里的拉法格太太搬进地下室。为了更保险起见，他将绳子系在一把粗大的塑料套锁上，这是把摩托车用的防盗锁，拴在一根水管上面。

他关上灯离开地下室，但很快又端着一满锅的冰水回来了，他将水浇到少妇的头上。她开始蹬腿挣扎，但是绳子绑得她难以动弹。她呻吟着，却无法喊叫。亚历克斯在黑暗中偷笑着。她并没看到他的脸，即便他把她放了，她也形容不出他的模样。如果他会把她放了的话。是的，无论如何，外科医生还是会看到他的，见到他的人，见到他的脸。手术一结束，他就可以来个画影图形。拉法格是会形容得出亚历克斯那张新脸的……亚历克斯可是杀过一个警察又绑架了拉法格教授妻子的人！好吧，亚历克斯暗想道，当下最重要的，就是强迫这家伙给我做手术，后面的事情再看着办。可能接着必须得把拉法格和他妻子给杀了。

他上楼回到卧室，整个计划第一部分的成功实施使他欣喜不已。他等着夜色降临，拉法格回到勒韦西内，惊讶地看到那个婆娘不见了，到这时候他再联系外科医生，向他开出价码。必须谨慎行事，不能让对方钻空子！让他们看看，让所有这些猪看看，亚历克斯到底是谁！

他倒了杯葡萄酒，喝完不停地咂着舌头。说起那个婆娘，他可真想干了她，呃，为什么不呢？干脆边利用边享受吧！

耐心一点，他又暗想道，先把拉法格给处理好，寻欢作乐的事以后再看吧……

第三部 猎物

一

太可怕了！一切又重新开始了……你全然没弄明白，或者更确切地说，你是担心弄得太明白了——这一次，狼蛛要杀了你！

三天了，他一句话也没对你说过。他把饭送进你房间时，甚至避开目光不看你……当他闯进公寓，从那个疯子瓦尔内洛瓦手中夺过抽你的鞭子时，你目瞪口呆。他崩溃了，他第一次表现出怜悯之心。回到勒韦西内后，他异常温存，对你的伤势极为关注。他在伤口上敷了药膏，看到他泪光迷蒙的双眼时，你愣住了……

接着，今天早上，你是听到他出发去医院的。可他没跟你打招呼就回来了，跳到你身上打昏你，你于是又成了囚徒，在黑暗中被捆绑在地下室里。

地狱就要重新降临，完全和四年前你在树林里被俘后一模一样。

他要杀了你,这个狼蛛疯了,比以前还要疯。是的,维韦安娜又发病了,他到诺曼底看了她,于是他难以承受。让你卖淫已经不足以使他平复。那他要搞什么名堂呢?

不过,最近这几个月他改变了很多。他不再那么恶毒了。当然,他还是会一直在那可恶的内线电话里大声号叫,让你惊恐莫名……

其实说到底,死了更好。你从未有勇气自杀。他熄灭了你内心里所有反抗的火星。你变成了他的一个物件!你变成了他的一个物件!你什么都不是了!

你常常梦想逃脱,可是你现在这个样子能逃到哪儿去呢?去见你的妈妈,你的朋友?亚历克斯?谁认得出你呢?狼蛛成功了……他将你和他永远绑在了一起。

你希望最后会有个快刀斩乱麻的结局。让一切结束吧,让他停止玩弄你吧!

绳子紧紧地勒着你,你动弹不得。地下室里的水泥磨破了你的皮肤。绳子紧紧挤压摩擦着你的乳房。双乳疼痛难忍。

你的乳房……

*

你的乳房……他费尽心思让你长出了乳房。刚开始打针后不久，它们便开始生长。这些脂肪块的出现你起初并没有在意，你将其归咎于你过的这种慵懒生活。但是狼蛛每次来探访时都会触碰你的胸部，然后频频点头。这已经确定无疑了。看着胸部膨胀成形，你惊恐万状。你一天天密切注意着乳头的长势，你紧紧捏住你那永远那么绝望地疲沓着的性器官。你常常哭泣。狼蛛安慰你。一切都挺好。你想要什么东西吗？有什么你还没有的东西可以给你的吗？是的，他是如此温存，如此体贴。

你停止了哭泣。为了忘却，你画画，你长时间地练习钢琴。生活完全照旧，但狼蛛来得越来越勤。很荒唐。你们相识了两年，他本已让你的羞耻之心荡然无存——在你刚开始被幽禁时，你会当着他的面排便，可现在你却向他遮掩双乳。你不停地提拉睡袍，为了让开低的领口少暴露一些。狼蛛让你试用胸罩。其实并不管用——你的乳头坚挺结实，会透过衣服形成凸起。但是这样总归好一点。一个胸罩，再加上一件紧身上衣，这样你自在了不少。

和锁链、地下室、打针一样，这个新身体慢慢让你产生了惯性，最后你习以为常。再说，多想又有何益？

还有你的头发……起初狼蛛会给你剪头发。后来，他就听凭你的头发生长。究竟是针剂、胶囊还是药水的作用？你的头发变得浓密,狼蛛给了你几瓶洗发水和一个电吹风。你对打理头发产生了兴趣。你试过各种发式,盘发、马尾,最后你将头发弄卷,从此你就是这样的发型了。

他要杀了你。地下室里面很热,渴的感觉又来了……刚才他朝你浇过冰水,可你没办法喝到。

你等待着死亡,再没什么要紧的了。你回想着学校、村庄,回想着一群又一群的姑娘……还有你的哥儿们亚历克斯。这一切你都再也见不到了。一切你都再也见不到了。你习惯了孤独——与你唯一相伴的就是狼蛛。有时,你会产生强烈的怀旧感,萎靡不振。他给你吃镇静剂,送你礼物,这个浑蛋,他做所有这些事就是为了把你弄到这个地步……

他为什么还要等呢?他应该酝酿好了酷刑,设计好了杀戮你的手段啊……他会亲自来杀你,还是将你交到某个像瓦尔内洛瓦那样的人手中呢?

不!他承受不了别人碰你、接近你,当他揍那个疯子瓦尔内洛瓦时,你清晰地看出了这一点!因为那个人用他的鞭子伤害了你。

也许是你的错呢?这些日子以来,你一直在嘲笑他……只要他一走进你房间,只要你正坐在钢琴边,你就会为他演奏

《我爱的男人》，这首他恨之入骨的歌曲。要么更恶心的是，你挑起了他的欲望。他独身一人生活已有好几年了。或者他有个情妇？不会……他没有能力去爱。

你注意到他看着你全身赤裸时那种深深的困扰。你确定他对你是有想法的，可他碰到你时却一脸厌恶，当然，这一点得理解他。尽管这样，他对你还是有欲望的。你在卧房里总是会赤身裸体，有一次，你坐在琴凳上，从钢琴边转过身面对着他，你张开双腿，向他露出你的性器。你看到他那亚当的苹果①正在颤动，他的脸红了。正是如此，正是这使他更为疯狂——在极尽能事地折磨你之后，却对你产生了想法。对你产生了想法，顾不上你是怎么样一个人！

他会将你困在这个地下室里多久？第一次，他在树林里追捕到你后，他一个星期弃你不管，你独自一人，困在黑暗中。一个星期啊！这是他后来向你承认的。

是啊，要是你没有撩拨他的欲火，戏弄他，也许今天他不会这样报复你？

还是会的，真荒唐，尽想这些……是因为维韦安娜，维韦安娜已经被关进疯人院四年了……时间越久，她无法痊愈的事

---

① 即喉结。

实就越明显……他对此无能为力。他不能接受那个身心俱损的女人是他的女儿。现在她多大了？她当时十六岁，现在该二十岁了。而你，你当时二十岁，现在你二十四岁了……

在二十四岁死去，真不公平。死？可两年前你已经死了。两年前樊尚就死了。他身后的那个幽灵已经不重要了。

只是个幽灵，可依然受苦，受尽无休无止的苦。你再也不想让他玩弄你了，是的，就是玩弄，你受够了这些把戏，你受够了这种肮脏的摆布。你马上还要受苦。上帝才会知道他能想出怎样的阴谋！他是个滥用极刑的专家，这一点他已经证明给你看过。

你身体发抖，你烟瘾犯了。昨天他给你服用过鸦片，现在你又想抽了。每天那一刻，始终是在晚上，他都会来看你，准备烟斗，这是你最大的乐趣之一。第一次抽的时候你吐了，你感到恶心。但他坚持让你抽。那天正是你对现实不能避而不见的那一天——你长出了乳房！他撞见你一个人在地下室里哭泣。为了安慰你，他向你推荐了一张新唱片。而你让他看了你的乳房，你如鲠在喉，说不出一句话来。他出去后几分钟便回来了，带来了烟斗和小油丸这些吸食鸦片的必备品。一份有毒的礼物。狼蛛是一种具备多种毒液的蜘蛛。你接受了他的这个礼物，此后要是他哪天忘了这道仪式，你会主动向他索要毒品。最初几天面对鸦片的那种恶心已经离你远去。有一天，吸食完之后，你就躺在他的怀里。你在沙发上吐出烟斗里的最后几口烟，他坐在你的身边，将你贴着他紧紧搂着。他不由自主地抚摸起你的面颊。他的手从你光滑的皮肤上掠过。你不自觉地为他改造你提供了方便——你从未长过胡须。当你和亚历克斯还是孩子的时候，你们一起注意过彼此身上是否长出了汗毛，嘴上是否长出了绒毛。亚历克斯很快就长出一片胡须，开始还比较稀疏，之后就非常浓密了。而你，你一直寸毛未生。对狼蛛来说，少了一个需要处理的细节问题。可他对你说，这根本不重要！那些注射在你身里的雌激素总会让你的毛褪光。无论如何，你还是恨自己如此符合他的期望，何况你还像亚历克斯说的那样，有张女孩子一样漂亮的脸蛋……

而这个皮肤如此光滑、关节如此柔软的躯体也令狼蛛疯狂。有天晚上，他问你是否也是同性恋。你没明白这个"也"字。不，你不是同性恋。不是说从未出现过这种诱惑，但是没有，没真做过这种事。狼蛛也不是同性恋，他并不像你最初以为的那样。是啊……那天他来到你的身边，触碰你的身体。你分不清检查和抚摸的区别所在。你记得这还是在最初你被锁着的时候。你羞涩地将手向他伸去。他狠狠地打了你一个耳光！

你愕然无语。如果不是要享用你，不是拿你当性奴，那为什么他要把你抓起来呢?他使你这样蒙冤含屈,你只能找到这样一种解释……一个肮脏变态的同性恋想占有一个听话可爱的小男人!想到这一点你不禁怒火中烧,接着你暗想道,管他呢,不论他想要对我干什么,我会陪着玩下去,总有一天我会跑掉的,我会带着亚历克斯回来,一起打烂他的狗脸!

可你要玩的是另一种游戏,你在不知情的情况下渐渐入局。这是一个由狼蛛制定了规则的游戏——让你不断堕落下去的大富翁……一个棋盘格上是痛苦,另一个是礼物;再一个棋盘格上是打针,另一个是钢琴……一个棋盘格上是樊尚,另一个是夏娃!

*

拉法格度过了一个筋疲力尽的下午——他花了几个小时的工夫为一个面部烧伤、颈部皮肤萎缩的孩子做手术,必须非常耐心地移植皮瓣。

他从医院出来后给罗歇放了假,一个人开车回勒韦西内,中途他还到一家花店稍作停留,让老板配了束美丽的鲜花。

当他看见屋门大开、二楼夏娃套房上的锁也被弄开了,手中的花不禁坠落在地,他疯狂地径直冲上了楼。琴凳翻倒在地,一个花瓶被打碎了。一条长裙和几件内衣被扔在地上,床罩也不见了。床边落下了几只高跟鞋，其中一只还被压坏了半边。

里夏尔回想起一个惊人的细节——铁门是完全敞开的，可早上罗歇明明将它关上了。是送货员？里娜也许在度假前订购了些东西……但是夏娃不在又是怎么回事呢？她跑了……送货员来了，发现房间里空无一人，在夏娃的一再请求下，他打开了门锁。

里夏尔恐慌地转着圈。她那些衣服摆放在床上，显然是准备好的，可为什么她没把衣服穿上呢？还有床罩怎么不见了呢？这一切显然使送货员的说法站不住脚。不过，这种事还真差一点发生过，确切地说是在一年以前，发生在里娜休假的某一天。恰巧里夏尔此时回到了家里，他听到夏娃在门后苦苦哀求。他让送货员放心，一切都很正常，他妻子正处于极度抑郁的状态，这也是要上门闩的缘故……

至于里娜和罗歇，夏娃这种所谓的"疯病"足以使他们疑云尽消——何况，里夏尔对少妇表现得是相当体贴，一年来，他越来越频繁地允许她走出房门……她有时会在一楼用餐。疯女人每天都以弹钢琴或者绘画来打发白天的时间。里娜为她收拾房间，对她的举动也全然不放在心上。

看起来没什么不正常的。夏娃的礼物堆积如山。有一天里娜揭开盖在画架上的白布：画上的里夏尔打扮成女人的模样，坐在一家夜店的吧台前。当她看到这幅画时，她心想女主人的脑袋确实不大对劲！先生能容忍这种情形可真是值得称赞——他更应该将她送到医院里去，不过想想看，那样也挺糟糕的，不是吗，拉法格教授的妻子被关在疯人院里！而且他的女儿已经在那儿关着了！

*

里夏尔绝望地倒在床上。他双手捧着那条长裙，摇起了头。

电话铃响了起来，他赶紧冲到一楼接起电话。他没有听出是谁的声音。

"拉法格吗？你妻子在我手上……"

"您想要多少，快点说出来，我付钱……"里夏尔激动地喊起来。

"别着急，我不要钱，钱，我根本不在乎！不过，你要是还能给我钱的话我们以后再谈……"

"求您了，告诉我，她还活着吗？"

"当然了！"

"别伤害她……"

"你不用担心，我不会糟蹋她的。"

"那怎么说？"

"我必须和你见一面。谈谈事。"

亚历克斯向拉法格提出见面——今天晚上十点钟，在歌剧院百货公司门前。

"我怎么能认出来您呢？"

"这你不用管！我认识你……一个人来，别干蠢事，要不然，她就得遭会儿罪了。"

里夏尔表示同意。对方已经挂了电话。

里夏尔做了和亚历克斯几个小时前一样的动作。他拿了一瓶威士忌，对着瓶嘴灌了自己大大一口。他走下地下室，确认没有任何不妥。地下室的门是关上的，那么从这方面看一切正常。

这家伙是谁？是个匪徒，这应该没错。可他并不要赎金，至少没有马上就要。他想要的是别的东西——那又是什么呢？

他压根没有对别人提过夏娃。在刚开始囚禁樊尚的时候，他留意不让樊尚的存在露出任何马脚。他辞退了之前的两个用人，过了很久，等夏娃的状况已经一部分"常态化"后，他才雇用了里娜和罗歇。他担心警察会不会发现什么蛛丝马迹。他看过当地的报纸，樊尚的父母对搜寻从没绝望过……当然，一切都很顺利，他把樊尚困在黑暗之中，远离一切，所有的痕迹被消除殆尽。谁知道呢？他自己也就维韦安娜的事报过案，造物弄人的巧合让人产生联想也是有可能的。

不过毕竟过了那么久。半年，一年，很快就是两年，如今已经是四年……早已结案尘封的事了。

如果那家伙知道夏娃是谁，他就不会这样说，不会说"你妻子"。他还以为夏娃和里夏尔是夫妇。拉法格带她露过几次面，别人以为他搭上了一个年轻的情人……四年来他和老朋友完全中断了联系，他们把他突然退出社交圈归结为维韦安娜变疯对他的影响。他们想，这个可怜的里夏尔！他真是祸不单行——十年前他的妻子死于一场空难，而女儿又住进了精神病院，这个可怜的男人……

在他极少赴约的那些招待酒会上，他带着夏娃见的人都只是工作上的关系，都是些同行，他身边出现一个女人，他们当中是不会有人感到惊奇的。这个"情人"出现时，总会引来艳羡的私语，这使他无比自得也深感骄傲……职业上的骄傲！

这个匪徒应该对樊尚的一切一无所知。这显而易见。但是他又想要什么呢？

*

拉法格提前来到亚历克斯说的地方。他走在人行道上，百货公司门口进进出出的人流将他推来搡去。每二十秒他就要瞅一眼自己的手表。在确信医生肯定是独自赴约后,亚历克斯终于靠近了他。

里夏尔打量着亚历克斯的脸庞,这是一张四四方方、面相粗蛮的脸。

"你开车来的吗?"

里夏尔指了指停在近处的奔驰。

"我们走……"

亚历克斯示意他坐到驾驶座里发动汽车。他从口袋里掏出自动手枪放在膝盖上。里夏尔窥探着这个家伙,希望能在他的举止中发现一些破绽。亚历克斯一开始并不说话。他只说"直行""左转"或者"向右开";奔驰离开歌剧院的街区,渐行渐远,从协和广场到塞纳河岸,从巴士底狱到甘贝塔广场,在巴黎城里绕了个大圈。亚历克斯眼睛一直盯着后视镜。确信里夏尔没有通知警察后,他决定开始对话。

"你是外科医生?"

"是的……我在一个整形外科做负责人,医院是……"

"我知道,你还在布洛涅有家临床诊所。你的女儿是个白痴,她在一家疯人院里待着,在诺曼底,你看,我很了解你……还有你妻子,她长得不错,现在她正在一个地下室里,被绑在电暖器上,所以你得听好了,要不,你就再也见不到她了……有一天,我在电视里看到过你!"

"是的,一个月前我做了个访谈节目。"里夏尔认可道。

"你谈的是你是怎么重做鼻子,怎么让老女人皱巴巴的皮肤变得光滑……"亚历克斯接着说。

里夏尔已经明白了。他长出了一口气。这家伙不是想要夏娃怎样,想要的只是他本人。

"我么,警察在找我。我干掉了一个警察。我完蛋了,除非我换张脸。只有你能办得到……在电视上,你说过这用不了多久。这件事,就是我一个人干的,没人跟我在一起。我可没什么要挂念的!如果你想去报警,你的女人就会在那个地下室里饿死。别耍滑头,我再重复一遍,我可是破罐子破摔。我会报复她的。如果你让我被人给抓了,我绝不会对警察说她在哪儿,那么她就会饿死,那可不是一种好的死法……"

"就这样,我接受。"

"你确定……"

"当然,只要您向我承诺不会伤害她。"

"你爱她,嗯?"亚历克斯确认道。

里夏尔以苍白无力的声音应了一句:"是的"。

"我们怎么做呢?你让我进你的医院,不,嗯,到你诊所去，这样更好……"

里夏尔双手紧握方向盘驾车前行。他必须说服这个家伙去勒韦西内。显然，他并不是太聪明。他举止上的幼稚表明了这一点。一旦经过麻醉他就会完全被人控制，他根本就是一个笨蛋！他以为将夏娃关起来他就可以脱身。荒唐，太荒唐了！不过，他也必须接受去勒韦西内——在诊所里，拉法格什么也没法干，他那愚蠢的计划就有成功的风险，因为里夏尔绝对不会打电话给警察……

"听着，"他说，"我们要省点功夫。一个手术要事先准备很长时间。必须做些检查，这个您清楚吗？"

"你可别把我当傻子耍……"

"真的……如果您就这么去诊所，会让人生疑的，手术要先预约，所有手术都是事先安排好的……"

"你不是老板吗？"亚历克斯惊讶地低语道。

"我确实是，可如果您正在被人追捕，您得承认，越少的人见到您，对您来说就越好。"

"确实是这样，那么怎么办？"

"我们去我家，我会让您看看我能做些什么，我给您画张新鼻子的图，您有个双下巴，我可以把它去掉……"

亚历克斯不是太相信，但还是接受了。开头进行得无可挑剔啊——大夫担心他的妞嘛。

到了勒韦西内，拉法格请亚历克斯先放松下来，坐一会儿。他们是坐在办公室里，里夏尔打开装着各种照片的文件夹，找出一个隐约有点像亚历克斯的男人的照片，他用一只白色的记号笔，慢慢地将鼻子涂掉，接着用黑色笔画出一道新的轮廓。亚历克斯入神地看他做这些。然后拉法格又对双下巴照样做了一遍。他抬起手迅速画了一张亚历克斯现在模样的肖像，包括正面和侧面，然后又画了另一张，上面代表的是未来的亚历克斯。

"太棒了！如果你真能做得像这样成功，你就不用担心你的女人了……"

亚历克斯抢过第一张画，把画撕掉了。

"手术结束后，你不会到警察那里搞个什么画影图形吧，嗯？"他不安地问道。

"别说胡话了，对我来说最重要的，就是重新看到夏娃！"

"她叫夏娃？好吧……无论如何，我还是会提防你一点……"

拉法格没有上当——手术一旦做成，这家伙绝对会杀了他。至于夏娃……

"听着，干脆就别浪费时间了。在尝试做这次手术前，我必须要先做些检查。我在楼下有间布置好的小实验室,我们可以立即就到那儿去。"

亚历克斯皱起了眉头。

"这里?"

"是啊,"里夏尔微笑着回复道,"我常常在医院之外的地方工作!"

他们两人都站起身来,里夏尔带他走向通往地下室的路。地下室非常大,有好几扇门。拉法格打开其中的一扇门,开灯走进去。亚历克斯也跟着进去了。他瞪大了双眼,对眼前这一幕甚感惊讶——一个长长的陶瓷砖防滑实验台,上面摆着一大排仪器,一个带着玻璃门的橱柜里放满了各种医疗用具。他握着自动手枪,在这个由里夏尔搭建的迷你手术室里转着圈。

他在一张大桌子前停下来,仔细端详着桌子上那醒目的大探灯,灯没有打开。他抓起麻醉口罩,察看那些短颈大腹瓶。他并不知道这些瓶子里装的是什么。

"这些东西都是什么玩意?"他很吃惊地向里夏尔问道。

"这……这是我的实验室啊……"

"不过,你不会在这里给人做手术吧?"

亚历克斯指着桌子和那盏大探灯。他大致上认出了在电视里那条医学新闻中见过的设备。

"不会！不过，您知道，我们不得不做些实验……给动物做。"

里夏尔感到汗水顺着前额流了下来，他的脉搏狂跳，但他尽力不使自己的恐惧显露出一丝一毫。

亚历克斯摇了摇头，有些困惑。这倒是真的，不管怎么说这一点他还是很清楚的，医生会在猴子之类的各种动物身上做很多实验……

"那么就是说，我没有必要去诊所。你就在这里给我做手术。是这样吗？这里面什么都有！"他提议道。

拉法格的双手颤抖着。他将手插进了口袋。

"你想想看，这样有没有什么问题？"亚历克斯又问道。

"没有……不过我可能还缺一两样东西。"

"手术后我得卧床多久？"

"哦，时间很短！您又年轻又强壮，而且这不是一个会有多大创伤的手术。"

"我可以马上去掉绷带吗？"

"啊，这不行！必须等上至少一个星期。"里夏尔向他明确说道。

亚历克斯在房间里大步地走着，他一边玩弄着那些仪器，一边沉浸在思考之中。

"如果你在这里做的话,不会有什么风险吧?"

拉法格摊开双臂,然后回答道:"不会,根本不会有任何风险……"

"这么说,你会一个人来做,你不要个护士帮忙?"

"哦,这不重要,我可以一个人全搞定。慢慢来就可以了。"

亚历克斯大笑起来,冲着医生的背狠狠拍了一下。

"你知道接着要干什么吗?"他说道,"我要住在你家,等你准备好了,你就给我做手术……明天怎么样?"

"好吧……明天,如果您这么想的话……不过,在您的,怎么说呢,在您的'恢复期'内,谁来照顾夏娃?"

"你别担心,她在手脚干净的人那儿……"

"我想您是一个人住的吧?"

"不,不完全是这样,你别担心,没人会伤害她的……你明天做手术。我们两个人在这里待上一个星期。你的女仆在度假,你给你司机打电话,让他明天别过来……我们两个人一起去找你缺的那些东西。你必须向医院请个假。就这样,来吧……"

他们又上到一楼。亚历克斯让里夏尔打电话到罗歇家。里夏尔打完电话后,亚历克斯把他带到二楼的房间。

亚历克斯带着拉法格走进夏娃的房间。

"她不太对头吧,你老婆?你为什么要把她关起来?"

"她……怎么说呢,她有些奇怪的行为……"

"就像你女儿那样?"

"有那么一点,有时候会……"

亚历克斯关上三道门闩,并祝拉法格晚安。他查看了另一间房后,走出屋到花园里转了个圈。在利韦里-加尔冈,那个所谓的夏娃应该开始感到时间的漫长了吧,不过一切都进展得很顺利……十天后,去掉了绷带,亚历克斯就杀了拉法格,然后就跟全世界道声晚安!十天后,夏娃也许就死了?但这有什么要紧?

第二天早上,亚历克斯一大早就叫醒了里夏尔。他看到他是和衣而卧的。亚历克斯准备了早餐,他们两人一起把早餐吃完。

"我们去你的诊所取你要的东西。你今天下午可以给我做手术吗?"他问道。

"不行……必须做些检查,取血样。"

"是啊,还有尿样分析什么的!"

"我看到结果后,我们就可以开始了。就先定在明天早上吧……"

亚历克斯心满意足。大夫神色很正常。这次是他把奔驰开到了布洛涅。他将拉法格放到诊所前。

"别耽搁太久……我可信不过你!"

"您别担心,我一两分钟就好。"

里夏尔走进办公室。秘书很惊讶看到他这么早就来了。他请秘书跟医院说一声,他不参加早上的会诊了。然后他翻开一只抽屉,随手拿了两只瓶子,思考了片刻后又找来一个放着手术刀的盒子,他想这个细节也许会进一步打动亚历克斯,让他更加相信他真的打算给他做手术。

拉法格回到车里与他会合,亚历克斯读了一遍药上的标签,又打开了装着手术刀的盒子,小心地将所有东西安放进储物箱。回到勒韦西内,他们下楼走进实验室。拉法格在这个匪徒的身上抽取了血样。他趴在显微镜上粗粗地查看了涂片,随手滴了几滴试剂混进血样,最后又向亚历克斯询问他的病史。

亚历克斯欣喜若狂。他观察着拉法格,甚至还伸长脖子从拉法格的肩头看过去,在显微镜上看了一会儿。

"好的,"里夏尔说,"一切都非常好。我们没有必要等到明天了。您的身体非常好!您白天全用来休息吧。您今天中午不要吃饭,晚上我就给您做手术!"

拉法格走近亚历克斯,触碰着他的鼻子和颈部。亚历克斯从口袋里掏出那张画着他新脸的图,打开了来。

"就像这样?"他指着图问道。

"是的……就像这样!"拉法格确认道。

亚历克斯躺在拉法格的床上(拉法格则被关在另一间房里),懒洋洋地躺坐了几个小时。他想喝点东西,但这是被明确禁止的。傍晚六点,他去找外科医生。他很紧张,一想到躺在手术台上他就会心生恐惧。里夏尔一边安慰他,一边让他脱去衣服。亚历克斯顾虑重重地放下他的自动手枪。

"别忘了你的女人,大夫……"他一边躺下一边嘟囔道。

里夏尔打开大探灯,白光刺眼。亚历克斯不停地眨着眼睛。片刻后,拉法格便一身白衣、戴着口罩出现在他的身边。亚历克斯放心地微笑起来。

"开始吗?"拉法格问道。

"开始吧……别干蠢事,要不然你就再也见不到你妻子了!"

里夏尔关上手术室的门,抓起一支注射器向亚历克斯走来。

"这支针能让你放松……然后,一刻钟之内,我会让你入睡……"

"好吧……别干蠢事!"

针尖轻轻地扎进静脉。亚历克斯看到在他的头顶处,外科医生露出了微笑。

"别干蠢事!喂,别干蠢事……"

沉沉的睡意猛然间袭来。在他意识尚存的最后一秒钟里,他明白刚刚发生了某种不正常的事。

里夏尔揭开口罩,灭掉探灯,将匪徒背到背上。他打开了手术室的门来到走道里,摇摇晃晃地向通往地下室的另一扇门走去。

他转了转钥匙打开门,将亚历克斯径直带到填了泡沫材料的那面墙边。沙发、椅子以及曾属于樊尚的其他物件,都还原封不动地在那儿。他将亚历克斯锁在这面墙上,去掉了几道环扣,将锁链收紧。他回到手术室,在一只抽屉里取出一根导管,将其固定在亚历克斯前臂的一条静脉里——亚历克斯一旦醒来,即使是被锁着,也会尽力挣扎,不让里夏尔再给他扎针……拉法格很确定,这个被警方追捕的家伙万念俱灰,有足够的力气承受"传统"酷刑,至少他能在一段时间内抗得住。

而里夏尔则急于……但也只能安心等待。

他将白大褂脱掉扔在地上,上楼拿了瓶威士忌和一个酒杯。然后他回来坐在一把椅子上,正对着亚历克斯。麻醉剂的剂量非常小,他的囚徒很快就醒了过来。

二

亚历克斯慢慢地从睡梦中醒来。拉法格一边监视着他的反应一边等待。他站起身猛力抽打亚历克斯的脸，以便能使他尽快恢复意识。

亚历克斯看到了锁链，看到了这个乱堆着各种家具的地下室，还有这些滑稽的假窗户、大海、群山……他冷笑起来。一切都完了。他不会说出那个婆娘在哪儿，尽管来给他用酷刑吧，死他是无所谓的……

医生一边抿着酒，一边坐在椅子里观察他。是威士忌——瓶子就放在地上。无耻的浑蛋！他着着实实骗了他，压根没在乎过他的脸。这真是个可恶的家伙，他一点也没有露怯，很会装模作样……是的，亚历克斯承认，承认自己是个可怜虫。

"这么说……"拉法格说道，"夏娃在一个地下室里，被绑在电热器上。独自一人。"

"她就快死了……你是不会知道她在哪儿的!"亚历克斯嘟囔着说道。

"您对她施暴了吗?"

"没有……我倒是想对她这样来着,不过我当时选择了晚点再说;我本应该这么做的,对吧?听好了,现在不会有人去干她。永远也不会……两个星期内没人会去她那儿的!她会因为饥渴而死。都是你的错……你也许有一天会看到她的骷髅……她床上功夫至少还不错吧?"

"请您闭嘴,"拉法格紧咬牙关低声说道,"您会告诉我她在哪儿的……"

"不会的,嘿嘿,蠢货,就算把我碎尸万段,我也一个字都不会说的!我挺得过去。要是你不杀我,警察也会抓住我的——我完蛋了,我不害怕任何事情了。"

"会的,可怜的笨蛋,您会说的……"

里夏尔靠近亚历克斯,亚历克斯一口痰吐到他的脸上。里夏尔将他的胳膊抵在墙上,掌心向前,他的手腕已经被锁链拴住,紧紧粘在混凝土墙面上的宽大强力胶布更使他的四肢完全动弹不得。

"你看着吧!"里夏尔说。

他指了指深深插入他静脉的导管。亚历克斯大汗淋漓,开始呜咽。这个浑蛋,他这样玩他……用药物。

里夏尔又给他看了看一个注射器,他把它连进导管。他慢慢地推动活塞。亚历克斯大声号叫,他试图拉开锁链,但毫无效果。

药物现在已经在他的体内,流进他的血液。他开始感到恶心,脑子里像塞进了一团棉絮,意识渐渐模糊。他不再叫喊和挣扎。他用呆滞的目光一直看着拉法格的脸,那张脸带着笑容,眼神邪恶。

"你叫什么?"里夏尔抓住他蓬乱的头发,捧起他正在往下耷拉的脑袋。

"巴尼……亚历克斯。"

"你能回忆起我的妻子吗?"

"能……"

过了几分钟,亚历克斯交代了利夫里-加尔冈那幢独立小屋的地址。

*

贴着地面拂来了一股清新的空气。你扭着身体向那一边转去,你将脸颊撑在地面上,呼吸着这一小片清新的空气。你的嗓子又疼又干。嘴上的胶布紧紧地勒着皮肤。

门开了。灯亮了。是狼蛛。他扑到你身上。为什么他带着这种慌乱的神情？他把你搂在怀里，轻轻地撕开粘在你嘴上的胶布，他在你脸上四处吻着，叫你"我的小人儿"，现在他开始为你松绑，将绳子全部解开。你麻木的四肢疼痛难忍，解除了束缚，血液猛地一下畅通起来。

狼蛛将你拥进怀中，让你紧紧贴在他的身上。他的手在你的头发里游走，抚摸着你的头、你的颈。他将你从地上抱起来，带你走出这个地下室。

你不是在勒韦西内，而是在另一幢屋子里……这意味着什么？狼蛛用脚踢开一扇门。这是间厨房。他一边抱着你，一边拿起一只杯子，倒满了水给你喝，慢慢地，一小口一小口……

之前你仿佛吞下了几公斤的灰尘；水在你嘴里，给你带来一种从未有过的美妙感觉。

狼蛛将你带进一间摆放着些粗制家具的客厅。他把你放在一把椅子上坐下，跪在你的面前，将前额贴在你的肚子上，双手紧搂着你的腰。

你看着这一切，仿佛在看一场荒唐的游戏。狼蛛消失了。他将落在地下室里的床罩拿了回来，他给你披上，然后将你带出门外。夜色正浓。

奔驰停在街上。狼蛛将你放到他身边坐下，然后发动汽车。

他开始对你说话，讲述起一个似真似幻的疯狂故事。你勉强听了下去。一个逃犯为了敲诈他而绑架了你……可怜的狼蛛，他疯了，他再也不能将现实与他导演的一幕分清楚了。不……尽管他一再表现出温存，你还是很明白他要让你受罪，要惩罚你……车停在一处红灯前，他扭头看你。他微笑着，又一次抚摸起你的头发。

回到勒韦西内，他将你抱进客厅，把你放在沙发上。他径直跑到你的卧房，拿了条浴袍回来；他给你穿上后又消失了……重新出现时他端来一个餐盘，吃的喝的一应俱全……他喂你服了几粒药，你不知道是什么药，但这没什么要紧。

他喂你吃完饭，还坚持要你喝下一杯酸奶，吃了点水果。

你全部吃完后双眼便合上了，你筋疲力尽。他把你带上楼，让你睡到自己的床上——你入睡前看到他坐在你的身边，握着你的手。

你醒了……房间内光线弥散开来，应该是清晨了。狼蛛就在这儿，在你的身边，他坐在一把椅子上睡着了，你房间的门大开着。

你的双腿依然很疼，绳索当时勒得太紧抑制了血流。你侧卧过来,这样可以更好地看着狼蛛。你又想到了他对你讲的那个荒谬不经的故事……一个匪徒的故事?啊,是的……一个在逃的匪徒想让狼蛛给他换脸!而你是人质!

你再也搞不清了……睡意又来。这一觉里不断交织着噩梦。每一场梦里都有同样的景象——狼蛛冷笑着,你躺在手术台上,巨大的探灯刺着你的眼。狼蛛穿着件白上衣,套着条外科医生用的白围裙,戴着顶白色的手术帽,他看着你醒来,放声大笑。

你听着这笑声,笑声慢慢减弱,他抚摸起你的耳朵,你还想睡下去,但是睡不着,麻醉的效果已经开始消失……过了漫长的时间后,你从另一个世界回来了,你梦中的画面依然鲜明,而狼蛛正在笑着……你转过头,你的一只胳膊,不,你的两只胳膊都被绑着……一根针插进了你的肘弯,而一根管子正系在你的肘上,一个血清瓶正在你头上轻轻晃动,瓶里的点滴一滴一滴地滴落下来……你感到一阵晕眩,可慢慢地,在你身体的远端,在你的小腹处,产生了一阵阵强烈的疼痛,而狼蛛正在笑着。

你的双腿被拉开了,你很疼。你的膝盖被绑在柱子上、钢管上……是的……这桌子就像妇科医生用来检查……啊!这种痛苦,弥漫在你性器官周围,又上升到腹区,你试着抬起头,想看清发生了什么，而狼蛛始终在笑着。

"等等，我的小樊尚……我会帮你的……"

狼蛛抓起一面镜子，他推起你的脖子，将镜子放在你双腿之间。你什么也看不见，只看到一堆沾满血的鲜红纱布，还有两根连着瓶子的导管……

"很快，"狼蛛对你说，"你就能看到好戏了！"他笑得喘不过气来。

是的……你知道他对你做了什么。打针，让你隆出双乳，现在，又是这个。

当麻醉的效果完全消失，当你完全恢复意识，你号叫起来，长时间地号叫着。他就这样弃你不顾，你在手术室里，在地下室里，躺着，被绑在手术台上。

他来了。他俯下身体看你。他似乎不愿停止笑声。

他带来了一个蛋糕，一个小蛋糕，插着根蜡烛。只有一根蜡烛。

"我亲爱的樊尚，我们来庆祝你将非常熟悉的一个人的第一个生日——夏娃！"

他抬起了你的腹部。

"这儿什么都没有了！我会向你详细解释。你再也不是樊尚了。你是夏娃。"

他切开蛋糕，拿了一半砸到你的脸上。你甚至连叫喊的力气都没有了。他一边笑着一边吃着另一半。他打开一瓶香槟，倒满了两只高脚杯。他喝了他的那一杯，将另一杯浇到你的头上。

"怎么，我的小夏娃，到目前为止，您就没话要对我说？"

你问他对你做了什么。非常简单的一句话。他把手术台推到地下室的另一边，你一直生活的那一边。

"我亲爱的朋友，我没法拍我刚才给您做手术的照片……不过，这种手术很常见，我会借助这个短片来向你解释。"

他打开一台投影仪……画面投射在一面墙上，屏幕上出现一间手术大厅。有人在解说，但并不是狼蛛。

"在经过两年分步的激素治疗后，我们可以对X先生进行阴道成形手术，我们事先已和他有过多次交流。

"我们现在开始手术，在麻醉后，我们先在龟头处切一块一点二厘米的皮瓣，然后我们将剥离整个阴茎的外皮直至根部。接下来我们要解剖阴茎体，同样直至根部……阴茎体背面的血管和神经组织也要进行相同的操作。这样做是要取掉海绵体的外胚层直至阴茎根部……"

你眼睛一眨不眨地看着这一场景，这些人戴着手套操作着手术刀和镊子，在皮肉里切割，和狼蛛刚刚对你所做的事完全一样。

"接下来的时间要做一个阴囊至会阴部的切口,与后面的肛门保持三厘米距离;我们把阴茎体从这个切口处露出来,继续解剖龟头的外皮和皮瓣。

"这样我们就能让尿道独立出来,并在会阴中线上分离出海绵体。"

狼蛛笑着,笑着……他时不时地会站起身调节一下图像,然后又回到你身边,拍打着你的面颊。

"第三个阶段是造一个新生阴道,前通尿道口,后连直肠,要将一个指头伸进直肠内控制剥离的过程。

"我们已经剥离出一条新生阴道,宽四厘米,深十二到十三厘米……现在,我们要将阴茎包皮的外端口缝合,再将阴茎的皮肤内翻后套进阴道……

"龟头的皮瓣露在体外造出新的阴蒂。阴囊上的皮肤我们保留下非常薄的一层,现在我们要将它切除,使其形成大阴唇。

"现在你们看到的是几个月后的同一位病人。术后效果非常令人满意——阴道大小合适,功能完全到位,阴道口功能活跃、非常敏感,尿道口位置恰当,没有尿路并发症……"

影片结束了。在你的小腹处，在深深的疼痛中，你还感觉到一种痒意。你想撒尿。你对狼蛛说了……他用了根导尿管，一种奇怪的感觉，你性器官的这种新感觉就这么来了。你又大声喊了起来……

可怕，你无法找到睡意。狼蛛给你注射了镇静剂。后来，他为你松绑扶你站了起来。你一小步一小步地走了起来，转着圈。导尿管在你双腿间晃动，连在抽吸分泌物的真空瓶上的导管也在晃动。狼蛛手里拿着一个瓶子，另一个塞在你睡袍的口袋里……你疲乏无力。狼蛛带你离开了地下室，将你安置在一间小套房里。套房里有间小客厅，一间卧室……你眼前一片眩晕。这是两年来你第一次离开牢房。阳光洒满你的脸庞。很舒服。

你的"恢复期"持续了很久。导尿管消失了，瓶子也没了。只剩下你两腿之间的这个洞。狼蛛强迫你将一个橙子塞进阴道里。他说这是必要的，否则皮肤会重新闭合起来。你就这样夹着橙子过了几个月又几个月。在阴道上方有一处非常敏感的点——你的阴蒂。

你房间的门一直是关着的。透过关着的百叶窗，你看到了一个花园、一个小水塘和两只天鹅。狼蛛每天都会来看你，长时间地陪你。你们说着你的新生活。说着你的变化……**女人**。

你又开始弹钢琴、绘画……既然你有了乳房和大腿间的这个洞，**你**就得把游戏玩好。逃跑？在过了这么久之后回家？回到**你**的家？那里真的是**你**的家吗，那个樊尚曾经生活过的地方？那些他曾经认识的人会怎么说呢？**你**没有选择。化妆，打扮，香水……有一天，狼蛛将**你**带到布洛涅森林里的一条小路上。再也没有什么会让**你**震惊了。

今天，这个男人睡在你身旁。他缩在椅子里，应该睡得并不舒服。当他在地下室里看到你时，他吻了你，将你搂进臂弯。门是开着的。现在他想做什么呢？

*

里夏尔睁开了眼睛。他的腰很疼。一种很奇怪的感觉——整夜看护着夏娃，然后好像有某种东西，像是布料摩擦发出的声响，是床罩，又或者是夏娃醒了，在晨曦中暗暗地注视着他……她就在这儿。她在床上大睁眼睛。里夏尔笑了，他站起身，伸展四肢，坐到床沿。他说起话来，又用上这荒谬的"您"来称呼她，他一旦心生仇恨，就会使用这样的称呼，然后用些下流的事来恢复情绪。

"您好了不少，"他说，"一切都结束了，我……总之，结束了，您可以走了，我会负责证件的事，给您弄一个新的身份,这能做得到的,您知道吗?您去找警察,对他们说……"

里夏尔一副可怜的模样,他不停地说着,以此来承认自己的失败。这是一种耻辱的完败,在仇恨之火尽消时产生这样的失败感显得过晚,已经不足以作为惩戒。

夏娃从床上起来,洗了个澡穿起衣服。她下楼来到客厅。里夏尔来到水塘边与她会合。他带了些碎面包扔给天鹅。她蹲在水边,吹着口哨召唤天鹅。天鹅游了过来,它们从她的手里叼过小面包块,扭着脖子吞食下去。

阳光煦暖。他们两人向别墅走去,肩并肩坐在游泳池旁花园的吊椅上。他们就这样长久地坐着,彼此贴得很近,却始终不发一言。

"里夏尔?"终于夏娃开始说话了,"我想看看大海……"

他侧身朝向她,用无限忧伤的眼神注视着她,然后答应了。他们回到屋里,夏娃找了个包,放进去一些东西。里夏尔在车里等着她。

他们开上了公路。她拉下车窗,将手放在窗外迎风挥动。他劝她不要这样,因为可能会有虫子或石头伤着她。

里夏尔开得很快,发泄般猛力转过弯道。她请他放慢速度。海边的悬崖很快便出现在眼前。

埃特尔塔①那积满卵石的海滩上游客熙攘如织。水边聚着一堆一堆的人。潮水很浅。他们在悬崖旁的海滨路散步，路的尽头是一条通往另一个海滩的隧道，著名的"奇岩"便耸立在那里。

夏娃问里夏尔是否读过勒布朗②的小说，这个疯狂的故事讲述了一群在悬崖岩洞内藏身的匪徒。没有，里夏尔没有读过……他的语气里带着种淡淡的苦涩，他笑着说道，他的职业留给他的空闲时间非常之少。她坚持说，不会吧，侠盗亚森·罗平，所有人都知道的啊！

他们折回继续散步，一直走到了城里。夏娃饿了。他们在一家海鲜餐馆的露天座上坐下。她品尝着一盘生蚝和海螺。里夏尔尝了只蜘蛛蟹的蟹腿，然后便看着她独自吃完。

"里夏尔，"她问道，"那个匪徒的故事到底是怎么回事？"

他又对她讲述了一遍，他回到勒韦西内，门被打开，卧房里空无一人，他看到她消失后非常焦虑。最后又说起他是如何与她重逢的。

---

① 诺曼底海边的小城。
② 莫里斯·勒布朗（1864—1941），法国小说家，侠盗亚森·罗平的创造者，文中的小说指勒布朗罗平系列之一《奇岩》。

"这个匪徒,你就让他走了?"她满心疑虑地坚持问了下去。

"没有,他被绑在地下室里呢。"他以一种漠然的语调低声回答道。她听了后气都差点没接上来。

"里夏尔!那我们得回去啊,你不能让他就这么死了!"

"他伤害了你,这是他应得的!"

她用拳头敲打着桌子,想把他拉回现实。她感觉自己在演一出荒诞剧,杯子里盛着白葡萄酒,盘子里盛着螃蟹,不合时宜地谈着那个在勒韦西内屋子地下室里等死的家伙!他正出神地看着别处。她坚持要回去。他立即就答应了。她感觉,如果她要求他从悬崖顶上跳下去,他也会心甘情愿地服从。

*

当他们走进屋里时天色已晚。她跟着他走下通向地下室的楼梯。他打开门,点亮了灯。那家伙正跪在那儿,双臂被那些她如此熟悉的锁链拉开。当亚历克斯抬起头时,她发出了一声长长的惊叫,就像是受了伤却不知道怎么回事的动物的哀号。

她完全崩溃了,她呼吸急促地用手指着囚徒。她急忙跑到走道上,跪倒在地,开始呕吐。里夏尔走到她的身边,一边托住她的前额,一边撑起她的身体。

*

所以，现在到了最后一幕！狼蛛编出这个匪徒的故事，用这种胡言乱语的小说情节，让你的警觉消失。他用温存哄骗你，让你随心所欲，让你去看大海，为的是让你跌进恐惧的无尽深渊！

他巧施诡计，让你看到亚历克斯也成了囚徒，就像你四年前那样，只是想让你更加心碎，让你进一步地走向——会是这样吗？——走向疯狂……

是的，他的计划就是这样！在阉割你、把你弄得面目全非、毁掉你之后，在摧毁了你的身体又重造了另一个你、将你变成一个有血有肉的玩偶之后，让你卖淫来羞辱你并不是他的目的。不，这一切只不过是场游戏，只是他真正计划的开场——他要让你陷入疯狂，就像他女儿那样……既然你已经承受了所有这些考验，他便加大了尺度！

他一步一步将你击倒，他把你的头摁进一潭黑水，却时不时地抓起你的头发，防止你完全溺水，就是要最终给你致命一击——亚历克斯！

狼蛛没有疯——他是个天才。还会有谁能构思出如此精心的计谋呢？这个浑蛋，必须把他给杀了！

亚历克斯，他肯定不知道事情这么错综复杂……不能让他和你受同样的苦。亚历克斯是个笨头笨脑的大家伙，一个粗人，他喜欢讨你的欢心，过去你想对他怎样就对他怎样，他还像条狗一样到处跟着你！

但对他狼蛛也没什么招——你见识过的他那套精巧的手段，没法用到亚历克斯的头上。也许他会逼着你和亚历克斯……是的，他被锁住了，被剥得精光，这就是狼蛛想要的一切！

他不会只满足于摧残一个人，他必须让两个人都受他摆布。四年了，狼蛛用了四年的时间来找亚历克斯……亚历克斯，他现在变成什么样了？特别奇怪的是，狼蛛怎么可能会把他抓起来呢？你压根就没说过一句关于亚历克斯的话！

狼蛛就在这儿，在你的身边。他扶着你。你呕吐出来的东西撒在水泥地上。狼蛛低声说着些温柔的话，"我的小可爱"，"我的小人儿"，他用一条手帕擦拭你的嘴，向你献着殷勤……

另一侧的门正开着。你突然跳起身，冲进手术室，在实验台上抄起一把手术刀，你慢慢地回到狼蛛身边，刀口正对着他。

三

在这个混凝土构建的地下通道里,他们在刺眼的荧光灯下面对着面。她平静地向前走着,手里拿着手术刀。里夏尔也不再动弹。地下室里,亚历克斯开始大喊起来。他起先看到夏娃跪了下去,然后又跑到了他视线之外的地方,现在,在门半开着的空隙里,他看到她正拿着把刀向前走。

"小妞,我的手枪!"他大叫着,"我的手枪,到这儿来,他把枪放在这儿了。"

夏娃又走进地下室,亚历克斯的手枪的确被扔在了沙发上,她一把抄了过来。里夏尔甚至根本没有发抖,他在走道里站直了身体,毫不退缩地面对着指向他上身的枪口。他说了句令人难以置信的话。

"夏娃,求求你,向我解释!"

她停了下来,惊讶万分。假装无动于衷,无疑又是狼蛛的诡计。不过这个浑蛋不会就这样脱身！

"别急，亚历克斯！"她叫道，"我们会制服他的，这个垃圾！"

亚历克斯也搞不太明白。她知道他的名字？是啊，也许是拉法格对她说的？啊，对了，一切都很简单……拉法格把他的妻子囚禁起来，她今天抓住这个机会要摆脱她的丈夫！

"夏娃，如果你愿意的话就杀了我，但是告诉我发生了什么！"

里夏尔贴着墙滑了下去，倒在地上。他躺坐在墙边。

"你耍我！你耍我！你耍我！"

她开始是低声地说，最后大声号叫起来。她的颈部青筋暴起，圆睁着眼睛，浑身乱颤。

"夏娃，求求你，向我解释……"

"亚历克斯！亚历克斯·巴尼！他当时跟我在一起，他也……他也强奸了她，维韦安娜，他甚至还和她肛交了，在……在我摁着她的时候！你一直以为我是一个人，我从来没跟你提过什么，我不愿你还去查他……你女儿疯了，既是我的错，也有他的份，你这个浑蛋！但全让我一个人承担了！"

亚历克斯听着这个女人的话。她在说什么？他想，这两个家伙，他们在乱耍我啊，他们想让我变成傻子啊……然后他仔细地观察起拉法格的妻子,那嘴唇,那眼睛……

"啊!你不知道我们是两个人?"夏娃接着说,"可就是两个人,亚历克斯,他是我的哥儿们!可怜的家伙,女孩子他可没玩过多少……我必须给他当……当拉皮条的。你的女儿是最麻烦的一个女孩,她什么事都不懂还不想懂!摸摸她,亲她的嘴,这些都挺让她高兴的,可我刚把手放到她裙子上,就不行了!所以只能强迫她一下。"

里夏尔摇着头,难以置信,夏娃的一声声喊叫,那始终在号叫的尖厉嗓音完全击倒了他。

"是我第一个上的。亚历克斯抓着她,她不断反抗……你们在饭店里,你们正狼吞虎咽,或者是在跳舞,对吧?然后,我让给了亚历克斯。他很开心,你知道吗,里夏尔?她呻吟着,她很疼……当然跟你对我的所作所为比,她的痛苦比我的要轻得多。我要杀了你,狼蛛,我要杀了你!"

*

不,狼蛛压根什么也不知道。你之前什么也没跟他说过。当他向你说明为什么要废了你之后——你强奸了这个后来疯掉了的维韦安娜——你决定对这件事一言不发。你唯一的报复就是保护亚历克斯。狼蛛不知道你们是两个人。

你躺在手术台上,他向你讲起两年前七月的那场晚会。那是个星期六。你在亚历克斯的陪伴下,无所事事地到一个村庄闲逛。学校的假期才刚刚开始。你就要去英国,而他,亚历克斯,将留在他父亲的地里干农活。

你们闲逛着,在各家咖啡馆里转来转去,玩桌上足球,玩弹子机,然后你们两个人骑上了摩托。天气温和。在迪南库尔——三十多公里外的一个大村镇——有场舞会,这是场集市庆祝活动。亚历克斯拿着卡宾枪打气球。而你,你就看着那些姑娘。姑娘可真不少。接近黄昏的时候你看到了那个小姑娘。她很漂亮。一个家伙搂着她走着,一个老家伙,总之要比她老得多。应该是她的父亲。她穿着条淡蓝色的夏裙。她有一头金黄色的卷发,她那还充满稚气的脸上完全未施粉黛。他们由其他人陪着一起散步,看他们的打扮,就能一眼看得出他们不是农民。

他们坐到一家咖啡馆的露天座上。女孩继续在集市里一个人逛着。你上前和她搭讪,很温柔,就像往常一样。她叫维韦安娜。是的,白头发的那个家伙就是她父亲。

晚上在村子的广场上有场舞会。你请维韦安娜到时候找你。她很乐意,可她的父亲也在啊!他们来这儿,来到这家饭店是要参加一场婚礼。饭店在一座旧城堡里,离居民的房屋有段距离，人们常常在这儿的花园里举办招待会和节日的庆祝活动。她必须参加婚礼的晚宴。你说服了她——晚上，她会去卖炸薯条的那家摊子旁找你。这是个小姑娘，有点笨兮兮的，可长得那么漂亮。

晚上，你在城堡附近来来回回地走了几遍。富人们请来了一支交响乐队，哦，不是乡巴佬们拉手风琴的那种乐队，不是，这是支真正的交响乐队，这帮家伙穿着白色的燕尾服，演奏着爵士乐。饭店的窗户关着，为了使外面大众舞会上那些嘈杂的乐曲声不要传进这些富人们的耳里。

大约十点钟，维韦安娜走了出来。你请她喝东西。她拿了杯可乐，而你，你拿了杯威士忌。你跳起舞来，亚历克斯观察着你。你向他眨了下眼。在一首慢曲中，你吻了维韦安娜。你感到她的心**怦怦**直跳，贴着你的胸跳得很厉害。她还不会接吻。她闭上双唇，紧紧地闭着。然后，当你教会她该怎么做后，她就开始尽其所能地伸长了舌头！真是个傻瓜。她身上的气味很好闻，甜美而不浓烈的香水，不像小地方的女孩，朝自己身上喷一整瓶古龙水。你一边跳着舞，一边抚摸着她裸露在外的背部，她的长裙领口很低。

你们在村子的街上散步。在一幢建筑的门廊里，你又开始吻她。这次要好一些，她已经学会了一点。你将手向她的裙子底下滑去，沿着她大腿的内侧一直滑到内裤。她很兴奋，但她挣开了。她害怕出来太久会被她的父亲训斥。你没有硬来。你们又回到了广场。父亲从饭店里走了出来，找他的女儿。他看见了你们两个人，你转过头继续走你的路。

远远的，你看到他们在交谈。他似乎在发火，但是他笑了，又回到了饭店里。维韦安娜回到了你身边。她父亲答应再给她一些时间。

你们跳起了舞。她紧贴着你的身体。在半明半晦之中，你轻抚着她的乳房。一个小时后，她想回去了。你向亚历克斯示意，他正肘靠着舞池边的吧台，手中拿着一小瓶啤酒。你对维韦安娜说你会送她回去。你们手牵着手绕着城堡转圈。你一边笑着一边拉她走进了花园深处的小树林。她一边笑着一边反抗。她非常想留下来陪你。

你们靠在一棵树上。她现在已经能很完美地接吻了。她允许你撩起她的裙子，就一小点。突然，你把手紧贴在她的嘴上，然后扯掉了她的内裤。就在附近的亚历克斯抓住了她的双手，将她的双臂拧到背后，同时将她放倒在地。亚历克斯牢牢地抓住了她，而你跪倒在她双腿之间。亚历克斯就这么看着你行事。

接着换你来抓牢维韦安娜，当亚历克斯站在她身后时，她是四肢伏地趴在草丛里面。亚历克斯不满足于你刚刚折磨过她的地方。他得寸进尺了。他在进入她身体时她极度疼痛，她绝望地拼尽全力挣扎，最终她挣开了。她狂吼起来。你追上她，抓住了她的脚。你成功地使她无法动弹。你想打她一耳光，但是猛击下去时却把手握紧了，结果她脸部结结实实地挨了一拳。她的脖子撞到了你们身边一棵树的树干上。她晕了过去，身体还在不断地惊跳。

后来的事，狼蛛对你也提起过。当他听到号叫声时，饭店的乐队正在演奏《我爱的男人》。他奔出来跑进花园。他看到你跪在草丛里，正想摁住维韦安娜的脚踝，你想抓住她让她不要喊叫。

亚历克斯毫不迟疑就溜开了，钻进树下的小灌木丛里藏了起来。维韦安娜继续狂奔。你必须逃走。你向面前的方向笔直跑去，而这个家伙就跟在你身后。他刚刚吃了顿丰盛的晚饭出来，于是你没费多大力气就甩掉了他。在村子的另一头，亚历克斯在摩托车旁等你。

后来的日子里，你非常担心。那家伙看到过你，在广场的那个摊位边，在小饭店后面的草坪里，你犹豫了片刻才选择了你要跑的方向……但是你不是这个村子的人，这个村子也离你家很远。慢慢的，你从顾虑中平静了下来。一个星期后你去了英国，到了八月底才回来。再说，跟亚历克斯在一起，你并不是第一次遇到飞来横祸！

狼蛛寻找了很久。他大概知道你的年纪。虽然不太清晰，但他也记得你的脸……他没有指望警察。他想单独找你。他慢慢将搜寻范围扩大到附近的村子，查遍了整个地区，监视着工厂的出口，然后是中学的校门。

三个星期后，在正对着莫城中学的一家咖啡馆里，他看到了你。他尾随你，窥伺你，记下了你的生活习惯，直到九月底的那天晚上，他在森林里扑向你。

他根本不知道亚历克斯的存在，他也无法知道……这就是为什么他在这里，筋疲力尽地面对着你，听凭你的摆布……

*

里夏尔极为震惊。夏娃跪在地上，用自动手枪指着他；她伸直了手臂，紧紧压在扳机上的食指变得苍白。她以低沉的嗓音反复地说着——我要杀了你。

"夏娃。我不知道……这不公平！"

这样不合时宜的愧疚之辞令她非常震惊，她稍稍放松了戒备。里夏尔注意到这一刻的变化。他伸脚踢向少妇的前臂,她松开手枪,发出一声痛苦的喊叫。他跳了起来,夺过自动手枪,冲到亚历克斯被绑着的房间里。他开了火,连开两枪。亚历克斯的身子瘫了下去,一枪击中颈部,一枪击中心脏。

然后里夏尔回到走道里,俯身扶着夏娃站了起来,他自己则跪倒在地,把自动手枪交给了她。

她摇摇晃晃地重新站直身体,深深地吸口气,张开双腿,一边瞄着,一边将枪口的顶端贴近拉法格的太阳穴。

他盯着她看着,眼神里没有流露出任何情感,仿佛他想达到一种漠然的神态,能让夏娃抛尽怜悯之情,仿佛他愿意重新成为狼蛛,带着冰冷而无法看透的双眼的狼蛛。

夏娃看着他,他仿佛渐渐变得渺小,渐渐化作无形。自动手枪从她的手中掉了下来。

她爬上一楼,跑向花园,然后停了下来,对着铁门大口喘气。天气晴好,游泳池碧蓝的水面上舞动着几道清影。

接着,夏娃转身走进别墅,爬到了二楼。她走进了自己的卧房,坐在床上。画架还在那儿,上面盖着一块布。她扯开布,长久地注视着这幅可憎的画,变性的里夏尔脸上一副醉酒的模样,满身皮肤起皱,一个成了老妓女的里夏尔。

她慢步走回地下室。亚历克斯的身体还吊在锁链上。一大摊血水撒在水泥地上。她扶起亚历克斯的头,冲着他不曾瞑目的眼神对视了片刻,然后从牢房中走了出来。

里夏尔还坐在走道上,双臂沿着身体垂下,双腿僵直。他的上唇抖动着发出轻微的吧嗒声。她坐到他身边,抓住他的手。她将头倚在他的肩膀上。

她压低声音说道:

"来……别把尸体留在这里……"